Wolfgang Schweiger

Land der bösen Dinge

Bisherige Veröffentlichungen:

Im Heyne Verlag:
- Durch die Nacht (1984)
- Schatten der Gewalt (1985)
- Wall City (1986)
- Auf gefährlichem Boden (1987)
- Mit leeren Händen (1988)
- Indianerland (1989)
- Der Polizeifilm - Ein Sachbuch (1989)
- Ein neues Gesicht in der Hölle (1990)

Im Bastei-Lübbe Verlag:
- Der Fahnder Bd. 2 (1987)

Im Haffmans Verlag:
- Eine Sache unter Freunden (1991)
- Abschied in der Nacht (1992)
- Spiel der Verlierer (1992)
- Mit reinem Herzen (1994)
- Kein Job für eine Dame (1999)

Im Pendragon Verlag:
- Der höchste Preis (2008)
- Kein Ort für eine Leiche (2009)
- Tödlicher Grenzverkehr (2010)
- Draußen lauert der Tod (2012)
- Tödliches Landleben (2013)
- Duell am Chiemsee (2014)
- Ein Dorf in Angst (2016)

Wolfgang Schweiger

Land der bösen Dinge

Ein Heimatkrimi

Bibliografische Information der Deutschen Nationalbibliothek:
Die Deutsche Nationalbibliothek verzeichnet diese Publikation
in der Deutschen Nationalbibliografie; detaillierte bibliografische
Daten sind im Internet über http://dnb.dnb.de abrufbar.

© 2020 Wolfgang Schweiger

Umschlagfoto und Umschlaggestaltung: Marietta Heel
Satz und Layout: Marietta Heel

Personen und Handlung sind frei erfunden. Ähnlichkeiten
mit lebenden oder toten Personen sind rein zufällig und
nicht beabsichtigt.

Herstellung und Verlag:
BoD – Books on Demand, Norderstedt
ISBN 978-3-751950336

Für Marietta

„Tomorrow is promised to no one"

Clint Eastwood in „Absolute Power"

1

Es war kurz vor Mitternacht und so neblig, dass Sami Haddad kaum die Straße erkennen konnte. Genervt nahm er den Fuß vom Gas und bremste erneut ab. Zum Glück hielt ihn das Navi auf Kurs, auch wenn er inzwischen daran zweifelte, ob es richtig war, so spät noch bei der Kleinen aufzutauchen. Zumindest ihre Mutter würde nicht begeistert davon sein. Aber was sollte er sonst machen? Bislang war ihm nichts Besseres eingefallen. Oder hätte er doch zu seinem Cousin in Landsberg fahren sollen? Immerhin der einzige Mensch, dem er voll und ganz vertraute. Aber auch der Erste, bei dem Achim und seine krätzige Alte aufkreuzen würden. Falls er nicht zu fest zugeschlagen hatte und Achim im Koma lag. Oder gar tot war. Aber daran wollte er lieber nicht denken.

Er passierte ein Waldstück, wo sich der Nebel etwas lichtete, und beschleunigte wieder. Noch knapp vier Kilometer, informierte ihn das Navi. Was also sollte er Melanie erzählen, um sein spätes Auftauchen plausibel zu machen? Dass er sie überraschen wollte, um mit ihr spontan das Wochenende zu verbringen? Dann hätte er auch genügend Zeit, um seine weiteren Schritte zu planen. Könnte vielleicht sogar das Problem mit dem Geld lösen. Wäre schließlich keine so gute Idee, mit fast einer halben Million auf Reisen zu gehen. Schon gar nicht in Richtung Süden, wo es ihn hinzog. Folglich brauchte er ein Versteck. Einen Ort, an dem er seine Beute fürs Erste einlagern konnte.

Aber wo? In einem Bankschließfach? Lieber nicht, er war vorbestraft und wenn die Bank das spitzkriegte, machte sie vielleicht Meldung ans Finanzamt. Aber gab es nicht auch Privatfirmen, wo man anonym ein Schließfach mieten konnte? Oder sollte er das Geld einfach vergraben, irgendwo in der Landschaft ringsum? Dann müsste er nur darauf achten, dass er die Stelle auch wiederfand. Sami grinste zufrieden. Also würde er gleich morgen mit Melanie einen langen Spaziergang unternehmen und dabei Ausschau halten. Und sich dann einen Plan ausdenken, wie es weitergehen könnte, weitab von seinem bisherigen Leben.

Er registrierte aus dem Augenwinkel ein Ortsschild, gleich darauf wies ihm der trübe Schein der Straßenlaternen den Weg ins Dorf hinein. Kirchweidach. Na endlich! Er atmete erleichtert auf. Geführt vom Navi, fand er sich kurz darauf auf der Straße wieder, die nun direkt auf die Handvoll Häuser zulief, wo Melanie zusammen mit ihrer Mutter in einem kleinen Einfamilienhaus wohnte.

Natürlich tat ihm Achim leid, der Mann war immer fair zu ihm gewesen. Aber hätte er deswegen auf die Chance seines Lebens verzichten sollen? Fast eine halbe Million Euro in Reichweite! Das wäre nie wieder in seinem Leben passiert, soviel stand fest. Schön, gut möglich, dass er irgendwann den Preis dafür bezahlen würde, aber nicht … Ein kratzendes Geräusch am rechten Seitenfenster schreckte ihn auf. Er blickte hin, und registrierte Geäst, das an der Scheibe entlang schrammte. Er trat hart auf die Bremse, doch zu spät. Er vernahm ein leichtes Knirschen und das Splittern von Glas, dann stand der BMW, gestoppt von einer windschiefen Birke.

Shit, das hatte ihm gerade noch gefehlt.

Er schlug mit der flachen Hand aufs Lenkrad und

fluchte leise. So ein verdammter Mist! Dann stellte er den Motor ab und stieg langsam aus. Als er das feuchte Gras an seinen Knöcheln spürte, dachte er für einen Moment an seine neuen Wildlederschuhe, denen die Nässe nicht bekommen würde. Mit einem Seufzer trat er entschlossen dorniges Gestrüpp nieder und besah sich den Schaden. Der rechte Scheinwerfer war hinüber, mehr offenbar nicht. Er blickte sich suchend um. Wo zum Teufel war die verdammte Straße abgeblieben? Er stapfte los, und entdeckte nach wenigen Schritten, dass er schlicht und einfach von der Fahrbahn abgekommen war. Scheiß Nebel. Aber gut, müsste er halt solange bleiben, bis der Schaden repariert war. Wenn nicht bei Melanie, dann in einer Pension. Ärgerlich, aber kein Beinbruch. Die Frage war nur, ob er mit dem defekten Scheinwerfer noch weiterfahren sollte? Aber noch ein Crash, und er steckte vielleicht wirklich in der Klemme.

Er kehrte zum Wagen zurück und wollte eben einsteigen, als hinter ihm diffuses Scheinwerferlicht sichtbar wurde. Er blieb an der halb geöffneten Tür stehen und wartete ab. Unsicher, was er davon halten sollte. Es war Samstagabend und wer um diese Zeit unterwegs war, kam vielleicht aus einer Kneipe oder Disco. War vielleicht betrunken und auf Krawall aus. Speziell dann, wenn er eine Gestalt wie Sami erblickte: dunkle Hautfarbe, mittelgroß, eher schmächtige Figur. Aber gut, vielleicht hatte er Glück und blieb unbemerkt. Doch der Lichtkegel der Scheinwerfer schwenkte ab und kam näher, bis er voll davon erfasst war. Er hob die linke Hand, um seine Augen abzuschirmen, konnte außer der Motorhaube aber nicht viel erkennen. Er hatte plötzlich ein furchtbar ungutes

Gefühl. Der Wagen stoppte wenige Meter vor ihm, und Sami hoffte, dass ihm sein Zittern nicht anzusehen war. Er warf einen Blick auf das Kennzeichen: eine Altöttinger Nummer. Also Einheimische, immerhin. Er zwang sich ein Lächeln ab und ging auf die Fahrerseite zu.

2

Mit einem Schlag war Tobias Kern wach. Er hob den Kopf und bohrte seinen Blick in die Dunkelheit, die ihn umgab. Er hatte keinen Schimmer, was ihn geweckt hatte. Doch im Zimmer war es still und auch von draußen war kein Laut zu vernehmen. Er tastete nach dem Schalter der Nachttischlampe, hielt aber inne, als er den dumpfen Knall hörte. Er sprang aus dem Bett und stand schon am Fenster, als sich das Geräusch wiederholte. Und dann noch einmal. Eindeutig Schüsse. Er öffnete das nur angelehnte Fenster ganz, beugte sich hinaus und lauschte. Vor dem Haus hing dichter Nebel, mehr war nicht zu erkennen. Aber wenn er richtig gehört hatte, waren die Schüsse dort gefallen, wo die Straße verlief, keine fünfzig Meter entfernt.

Die feuchtkalte Luft ließ ihn frösteln. Steckte vielleicht der alte Helminger dahinter, der ihm einen Streich spielen, ein bisschen Psychoterror ausüben wollte? Als ehemaliger Jagdpächter hatte er garantiert noch die eine oder andere Waffe im Haus. Er wartete kurz, doch als weiter nichts geschah, wandte er sich ab, um sich anzuziehen. Er war kaum in die Hose geschlüpft, als Motorengeräusch erklang. Der Wagen entfernte sich rasch, und Kern überlegte, was er machen sollte: Gleich die Polizei rufen oder erst nachsehen? Er entschied sich für Letzteres, steckte sein Mobiltelefon ein und lief die Treppe hinab.

Im Flur stieg er barfuß in ein Paar derber Arbeitsschuhe, streifte seine blaue Drillichjacke über und holte aus der Küche eine Taschenlampe. Schon an der Haustür, fiel ihm ein, dass er besser ein paar Vorkehrungen treffen sollte. Er lief zurück und verließ den Wohntrakt durch die Tür zum ehemaligen Kuhstall. Von dort ging er hinüber in die Scheune, wo er sich vom Werkzeugregal die Machete schnappte, die schon sein Vater bei Waldarbeiten benutzt hatte. Derart ausgerüstet, trat er durch die Hintertür ins Freie und ging über die Zufahrt zur Straße hinab. Nichts. Er wandte sich nach rechts und folgte der Straße entlang der Handvoll Bäume, hinter denen sein Haus verborgen lag. Ein paar verkümmerte Birken und zwei fast abgestorbene Fichten, umgeben von etwas Gebüsch.

Er war keine zehn Meter weit gekommen, als sich die Umrisse eines Wagens aus der Dunkelheit schälten, frontal gegen die letzte Birke gesetzt. Er ging vorsichtig darauf zu, die Machete fest im Griff. Das Ende einer Verfolgungsjagd? Es sah ganz danach aus. Er stieß mit der Schuhspitze gegen etwas Weiches und zuckte zurück, die Machete zum Schlag erhoben. Erst dann blickte er nach unten und erkannte, dass ihm zu Füßen jemand im feuchten Gras lag. Reglos, wie es schien. Er zögerte kurz, bevor er die Taschenlampe einschaltete und der Person ins Gesicht leuchtete.

Es war das Gesicht eines Toten!

Kern trat einen Schritt zurück und ließ den Strahl der Taschenlampe über den ausgestreckt liegenden Körper wandern. Der Mann war vielleicht 35, schlank, mittelgroß und dunkelhäutig. Er trug grüne Wildlederschuhe, Jeans, eine dunkle Lederjacke und ein schwarzes T-Shirt, das nun aber zerfetzt und von Blut durchtränkt war. Auch unter seinem Rücken hatte sich bereits eine Blutlache gebildet. Kern holte tief Luft und ging in die Knie. Der

Blutgeruch, vermischt mit Gestank von menschlichem Kot, stieg ihm in die Nase.

Er hob den Kopf, seine Gedanken schweiften ab und er hatte wieder Bild des dänischen Ehepaars vor Augen, das er vor Jahren neben der Straße nach Giyani entdeckt hatte, ausgeraubt und dann aus reiner Mordlust erschossen. Blauäugige Touristen, die geglaubt hatten, die Gewalt würde sich auf die Townships beschränken!

Er wischte die böse Erinnerung beiseite und konzentrierte sich wieder auf den Toten. Obwohl ihm klar war, dass die Polizei ihn dafür vierteilen würde, konnte er nicht widerstehen. Er legte die Machete beiseite und griff mit spitzen Fingern in die linke Innentasche der ebenfalls arg blutverschmierten Lederjacke. Die Brieftasche steckte noch drin. Er öffnete sie und fand neben etlichen Geldscheinen und diversen Kreditkarten auch ein Führerschein vor. Demnach hieß der Tote Sami Haddad und war 1984 in Beirut geboren.

Und sein Mobiltelefon?

Er suchte weiter, wurde aber nicht fündig.

Er legte die Brieftasche neben der Leiche ins Gras und richtete sich wieder auf. Er betrachtete kurz das Münchner Kennzeichen des BMW, bevor er einmal um den Wagen herumging und dabei ins Wageninnere leuchtete. Er konnte nichts von Belang entdecken, seltsam war nur, dass beide Vordertüren weit offen standen. War der Beifahrer vielleicht mit dem Wagen, den er gehört hatte, verschleppt worden? Er trat auf etwas Hartes, und da lag es: ein Smartphone. Er ließ es liegen und starrte gedankenverloren in die nebelverhangene Dunkelheit, nun doch leicht besorgt, dass ihm die Sache irgendwie auf die Füße fallen könnte. Ein kaltblütiger Mord war schließlich keine Kleinigkeit, zumal hier auf dem Land. Aber wenn es kein Raubmord war, was dann? Er ging zur Straße vor und versuchte, den Hergang zu rekonstruieren: Wie es schien, war der Mann aus irgendeinem Grund verfolgt worden, hatte dabei den Unfall gebaut und war infolgedessen erwischt worden. Es sprach alles dafür. Doch von wem verfolgt? Noch dazu bei diesem Nebel! Aber gut, nicht seine Sache. Die Polizei würde schon herausfinden, in was für Schwierigkeiten der Mann gesteckt hatte. Und dabei hoffentlich auch, was er hier in der Gegend verloren hatte. Er zog sein Handy aus der Tasche und tippte die 110 ein. Er gab durch, was er gehört und entdeckt hatte und versprach, auf die Einsatzkräfte zu warten. Die Aufforderung des Beamten, am Tatort nichts zu verändern, nahm er zur Kenntnis. Nach einem letzten Blick in die Runde machte er kehrt und ging zurück zum Haus, um sich die Hände zu waschen.

3

Der Strahl der Taschenlampe traf Simone Gerber mitten ins Gesicht. Sie kniff verärgert die Augen zusammen und wollte eben eine bissige Bemerkung machen, als hinter dem Streifenpolizisten ein zweiter auftauchte und seinem Kollegen etwas zuraunte. Das Licht verschwand, und Gerber warf die Wagentür hinter sich zu.

„'Tschuldigung, Frau Hauptkommissarin", murmelte der Taschenlampenträger, „Ich hab Sie nicht gleich erkannt."

„Schon gut ..."

Gerber zog fröstelnd den Reißverschluss ihrer Windjacke hoch und ging entlang der am Straßenrand geparkten Einsatzfahrzeuge zu der Stelle, wo im grellen Licht zweier Scheinwerfer ein paar Beamte in Zivil zusammenstanden. Hauptkommissar Ulrich Müller vom KDD, trotz der Kühle der Nacht nur mit einem Hemd und Jeans bekleidet, kam ihr entgegen.

„Echt miese Sache", sagte er.

Gerber nickte nur. „Hat sich in der Zwischenzeit etwas Neues ergeben?", fragte sie.

„Nicht viel. Aber wir haben die Patronenhülsen gefunden. Genau sechs Stück an der Zahl."

„Also waren alle sechs Schüsse Treffer?"

„Genau. Da ist einer auf Nummer Sicher gegangen. Oder war verdammt wütend."

„Trotzdem, ganz schön leichtsinnig von dem Kerl."

„Vielleicht hat er beim Laden Handschuhe getragen..."

„Vielleicht. Und die Fahndung?"

„Nichts. Außerdem, nach wem oder was sollen sie denn

suchen? Der Zeuge hat nur ausgesagt, dass sich der Wagen des Täters in nördlicher Richtung entfernt hat. Und bei dem Nebel ..."

Die anderen Beamten traten bei Fleisches Anblick zur Seite, und Gerber blickte auf den mit einer schwarzen Plastikplane abgedeckten Toten hinab.

„Was ist mit der Spurensicherung?", fragte sie zu Müller gewandt.

„Die sind schon im Anmarsch", erwiderte Müller. „Müssten eigentlich jeden Augenblick eintreffen."

Gerber bückte sich und schlug die Plane zurück. Sami Haddad lag mit nacktem, halbwegs gesäubertem Oberkörper vor ihr, den Kopf leicht zur Seite gedreht, den Mund halb geöffnet. Seine Lederjacke und sein T-Shirt hatte man zu seinen Füßen platziert, ebenso einen durchsichtigen Plastikbeutel, in dem sich seine Brieftasche, ein Mobiltelefon, ein Schlüsselbund und ein Kamm befanden. Sie betrachtete mit nachdenklicher Miene den Leichnam. Sami Haddad war zu Lebzeiten zweifellos ein hübscher Kerl gewesen. Mittelgroß, schlank, fein geschnittenes Gesicht. Die sechs Eintrittswunden, fünf über die Brust verteilt und die letzte knapp unterhalb des Nabels, sahen aus wie obszöne Tattoos.

„Zwei Kugeln stecken noch drin", sagte Müller. „Die anderen vier sind glatt durchgegangen. Auf jeden Fall war er sofort tot."

Gerber strich sich die Haare aus der Stirn und blickte zu Haddads BMW, der ebenfalls im Licht eines Scheinwerfers stand. „Noch etwas in seinem Wagen gefunden?", fragte sie.

„Nur Kleinkram", erwiderte Müller. „Ein paar CDs,

eine halbe Tafel Schokolade, eine Schere …"

„Also, was hältst du davon?" fragte Hauptkommissar Edwin Buchebner, der zusammen mit Müller an diesem Wochenende den KDD bildete. „Glaubst du, es könnte was Fremdenfeindliches dahinterstecken? Dunkelhäutig genug war er ja."

Gerber zuckte mit den Schultern. „Keine Ahnung. Vielleicht, wenn wir im Osten wären. Aber hier …"

„Da fällt mir ein Witz ein", sagte Müller. „Wird in Alabama die Leiche von einem Schwarzen gefunden, von zahllosen Einschüssen regelrecht zerfetzt. Kommt der Sheriff vorbei, natürlich ein Weißer, schaut sich den Toten von allen Seiten genauestens an, und sagt dann: Also so einen schrecklichen Selbstmord hab ich noch nie gesehen."

„Wahnsinnig witzig", sagte Gerber und blickte sich suchend um. „Wo ist eigentlich der Typ, der den Toten gefunden hat?"

Buchebner deutete auf den VW-Bus der Schutzpolizei. „Sitzt da drin. Ein älterer Mann namens Tobias Kern."

„Gab's Zweifel an seiner Aussage?"

„Nö. Klang erst mal alles sehr schlüssig, was er gesagt hat." Er machte eine Kopfbewegung in Richtung der Bäume. „Er wohnt gleich da hinten in einem kleinen Bauernhaus, hat er gesagt."

„Allein?"

„Keine Ahnung."

„Gut. Ich möchte, dass die Leiche sofort nach München geschafft wird. Und ich möchte, dass man sofort mit der Handy-Auswertung loslegt. Also holt jeden aus dem Bett, der irgendwas dazu beitragen kann." Gerber drehte sich um und ging zu dem Bus, dessen Schiebetür offenstand. Auf der Sitzbank saß ein untersetzter Mann um die sechzig mit wettergegerbtem Gesicht und noch üppigem, eisgrauem Haar, der sich gerade eine Zigarette drehte. Gerber fiel auf, dass seine Hände keine Blutspuren aufwiesen. Was hieß, dass er zwischenzeitlich den Tatort verlassen hatte, um sich zu waschen. Sie unterdrückte ihren Ärger und sagte: „Herr Kern?"

Der Mann nickte nur.

„Mein Name ist Simone Gerber. Erstes Kommissariat der Kripo Traunstein. Wie fühlen Sie sich?"

„Geht so", erwiderte Kern mit ausdrucksloser Miene.

„Gehen Sie immer so gründlich vor, wenn Sie einen Toten finden?"

„Der Mann wurde praktisch vor meiner Haustür erschossen! Da möchte man doch sofort wissen, um wen es sich handelt, finden Sie nicht?"

„War das der einzige Grund?"

„Ja, sicher."

„Aber Sie wissen auch, dass Sie damit vielleicht wertvolle Spuren vernichtet haben."

„An einer Brieftasche?"

„Egal wo."

Der Mann sagte nichts.

„Gut, dann würde ich vorschlagen, wir gehen jetzt zu Ihrem Haus und Sie erzählen mir haargenau, was Sie gemacht haben, nachdem Sie durch die Schüsse geweckt wurden."

„Heißt das, Sie glauben mir nicht?"

„Das hat kein Mensch behauptet. Aber Sie sind unser einziger Zeuge und deswegen ist es äußerst wichtig, was

Sie mitbekommen haben."

Kern steckte sich mit einem Zündholz die Zigarette an, nahm seine Taschenlampe auf und erhob sich. „Ganz wie Sie möchten."

4

„Was machen Sie eigentlich beruflich?", fragte Gerber, während sie, eingehüllt von Nebelschwaden, über die kiesbestreute Zufahrt auf das Haus zugingen.

„Ich bin Lastwagenfahrer. Für eine Baufirma in Trostberg. Im Augenblick aber noch krankgeschrieben."

„Wegen was?"

„Ich hatte vor zwei Wochen eine Leistenbruchoperation."

„Verstehe … Und wie lange machen Sie diesen Job schon?"

„Seit etwa eineinhalb Jahren."

„Und was haben Sie vorher gemacht?"

„Wir müssen da rein", sagte Kern und öffnete die nur angelehnte Hintertür. „Vorne ist abgesperrt." Er drückte seine Kippe aus und machte Licht. Sie standen in einem Stallgewölbe, in dem vielleicht fünf Kühe Platz gefunden hatten. Und überraschend sauber war, wie Gerber fand. Nirgendwo Gerümpel oder ausgemusterte Gegenstände. Sie folgte Kern durch eine ebenfalls leere, fensterlose Kammer in den mit rostbraunen Fliesen belegten Flur, wo Kern zwischen Treppe und Haustür stehenblieb und sie fragend anblickte.

„Gehen wir gleich hinauf oder haben Sie vorher noch Fragen?"

„Wohnen Sie allein hier?"

„Spürt man das nicht?"

„Geschieden?"

„Ja. Aber schon vor längerer Zeit."

„Kinder?"

Kern schüttelte den Kopf. „Nein."

„Na schön", sagte Gerber, „fangen wir oben an."

Kern legte die Taschenlampe neben die Machete auf die kleine Truhe, die zur Garderobe gehörte, und stieg die steile Holztreppe hinauf. Er führte Gerber in eine Schlafkammer und stellte sich ans offene Fenster, um ihr freien Überblick zu gewähren. Die Kammer war so schlicht wie altmodisch möbliert: ein zweitüriger Kleiderschrank, eine Kommode, ein Stuhl, ein Nachttisch und ein Bett, das nicht für zwei bestimmt war, jedenfalls nicht auf Dauer. Keine Bilder oder sonstiger Wandschmuck, nur ein paar Taschenbücher neben der Lampe und dem Digitalwecker auf dem Nachttisch.

„Ist das Haus Ihr Elternhaus?", fragte Gerber.

„Ja."

„Aber Sie selbst haben keine Landwirtschaft mehr betrieben, oder wie?"

Kern lächelte vage. „Ich bin damit aufgewachsen, das hat gereicht."

„Verstehe."

Gerber trat zum Nachttisch und nahm das obenauf liegende Buch zur Hand. Das Cover zeigte ein junges Paar in mittelalterlicher Kleidung. Der Titel lautete: „The Last Valley."

„Eine Geschichte aus dem Dreißigjährigen Krieg", sagte Kern. „Hab als Kind den Film gesehen und wollte jetzt mal den Roman dazu lesen."

„Lesen Sie viel?"

„Wenn ich Zeit dafür habe."

Gerber legte das Buch zurück, ging zu Kern ans Fenster und steckte ihren Kopf ins Freie hinaus. Das Licht der

Scheinwerfer drang schwach durch den Nebel, sonst war nichts zu erkennen. „Dieses Motorengeräusch, das Sie gehört haben, könnten Sie das irgendwie einordnen?"

„Schwierig. Es war jedenfalls ziemlich laut, kein hochwertiger Wagen."

„Und Sie sind sicher, dass der Wagen in nördlicher Richtung davonfuhr, wie Sie den Kollegen erzählt haben?"

„Absolut."

„Wieso haben Sie eigentlich nicht gleich die Polizei gerufen?"

Kern zuckte mit den Schultern. „Ich weiß nicht. Vielleicht, weil ich es gewohnt bin, meine Angelegenheiten selbst zu regeln."

„Mit einer Machete, wie ich gehört habe?"

„Warum nicht? Wenn nichts anderes zur Hand ist."

„Vielleicht sollten Sie weniger Kriegsromane lesen."

„Vielleicht."

„Na schön, gehen wir wieder runter."

„War dieser Haddad eigentlich vorbestraft oder sonstwie bekannt in Ihren Kreisen?", fragte Kern auf der Treppe.

„Darüber darf ich Ihnen keine Auskunft geben …"

Gerber ging voran ins Wohnzimmer, um sich auch hier genauer umzuschauen. Sie wurde nicht ganz schlau aus dem Mann. Ein Lastwagenfahrer, der englischsprachige Bücher las. Der mit einer Machete losmarschierte, wo andere sich vielleicht verbarrikadiert und sofort die Polizei gerufen hätten. Und der keinerlei Unruhe zeigte, nachdem ein paar Meter hinter seinem Haus ein kaltblütiger Mord verübt worden war. Ziemlich seltsam. Vielleicht nur ein Sonderling, aber wer konnte das schon wissen. Die Stube strahlte mit der abgewetzten Eckbank um den massiven Holztisch, der altmodischen Glasvitrine und dem Kachelofen genau die Wärme und Gemütlichkeit aus, die alte Bauernhäuser so begehrt machten. Das einzig Neuwertige waren der Flachbildschirm in der Ecke und die kleine Stereoanlage im Regal darüber, umgeben von CDs. Auch hier lag obenauf das Album mit der Filmmusik zu „The Last Valley".

„Diese Geschichte muss Sie ja mächtig beeindruckt haben", sagte sie, während sie das Cover betrachtete, auf dem ein stilisiertes Porträt des Schauspielers Michael Caine in Ritterrüstung prangte.

„Kann schon sein", sagte Kern. „Möchten Sie mal reinhören?"

Gerber zog verdutzt die Augenbrauen hoch. „Ist das Ihr Ernst?"

„Wieso nicht? Ein paar Minuten Entspannung, bevor Sie wieder auf Mörderjagd gehen."

„Tun Sie immer so abgebrüht oder möchten Sie mich nur beeindrucken?"

„Weder noch. Aber warum soll ich mich groß aufregen? Ich hab den Mann nicht gekannt. Und in Gefahr war ich auch nicht."

„Und wer der Täter war, interessiert Sie auch nicht?

„Doch, natürlich. Aber der ist schließlich Ihre Sache, und nicht meine."

„Na gut, wir werden sehen." Gerber trat wieder in den Flur hinaus und wartete, bis Kern ihr die Haustür aufgesperrt hatte.

„Sie finden allein zurück?", fragte Kern.

„Ich denke schon. Aber ich muss Sie bitten, sich bis auf Weiteres zur Verfügung zu halten und mit niemandem über die Sache zu sprechen, vor allem nicht mit der Presse. Und wenn Sie das nächste Mal einen Toten finden, dann lassen Sie gefälligst die Finger davon, verstanden?"

Kern nickte. „Ich werd's mir merken."

5

03.12 Uhr.

Noch drei Minuten bis zum Zugriff.

Gerber zog die Glock aus dem Schulterholster und wog die Pistole nachdenklich in der Hand. Sie hatte im Laufe ihrer Dienstzeit nur zwei Kollegen kennengelernt, die von ihrer Dienstwaffe auch Gebrauch gemacht hatten: Der eine, um die Messerattacke eines zugedröhnten Junkies zu stoppen; der andere, um seine Frau und deren Liebhaber zu erschießen. Trotzdem, man konnte nie wissen. Schon gar nicht in einem Fall wie diesem hier. Mochten die Kollegen ihre Entscheidung auch belächeln und sie für übervorsichtig halten, so trug allein sie die Verantwortung. Und die verbot es, wie ein Idiot an der Haustür zu klingeln und zu fragen, was die Tochter des Hauses mit einem Mann zu schaffen hatte, der vor ein paar Stunden zwei Kilometer entfernt erschossen worden war. Sie steckte die Glock zurück in das Holster, straffte sich und stieg aus dem Wagen.

Herzog kam hinter der Hecke hervor und tippte mit dem Zeigefinger auf seine Armbanduhr. Gerber nickte nur und richtete ihre Aufmerksamkeit auf den weißen Lieferwagen, der eben an ihnen vorbeifuhr. Sie folgten ihm und sahen zu, wie der Wagen um die Ecke bog und vor dem Einfamilienhaus schräg gegenüber anhielt. Ein schon älterer Bau mit einem kleinen, umzäunten Vorgarten, in dem ein paar Büsche standen. Im nächsten Augenblick sprangen die sechs Beamten des Spezialeinsatzkommandos aus dem Wagen, stießen die Gartentür auf und nahmen mit ihrem Rammbock Anlauf. Sie hatten leichtes

Spiel. Die Eingangstür flog sofort auf und die Beamten, nun mit ihren Maschinenpistolen im Anschlag, verschwanden nacheinander im Haus.

Gerber blieb am Heck des Lieferwagens stehen, in der Hoffnung, dass alles gut ging. Schließlich verfügten sie infolge der Eile und weil Wochenende war nur über wenige Informationen. Demnach hieß ihre Zielperson Melanie Strobl, geboren 1998 in Traunstein, von Beruf Zahnarzthelferin und wohnhaft bei ihrer Mutter Agnes. Keine Angaben zu ihrem Vater. Sie horchte angestrengt, aber aus dem Haus, dessen Fenster mittlerweile alle erleuchtet waren, drang kaum ein Laut. Nur hin und wieder eine Art Poltern. Etwas beruhigt, ging sie neben Herzog langsam auf die Gartentür zu. Konnte schließlich ein paar Minuten dauern, bis die Kollegen das Haus vom Keller bis zum Dachboden durchsucht und gesichert hätten. Sie standen schon im Vorgarten, als einer der Beamten des Einsatzkommandos in der Tür erschien und ihnen zuwinkte.

„Alles klar", rief er. „Es sind nur die zwei Frauen im Haus ..."

„Ich hab doch gleich gesagt, dass wir diese Cowboys nicht brauchen", sagte Herzog.

„Nachher ist man immer klüger."

Gerber und Herzog folgten dem Mann in den Hausflur und die Treppe hoch, wo in einem Schlafzimmer zur Rückseite eine mollige, etwa fünfzigjährige Frau im Nachthemd auf dem Doppelbett saß und Melanie, in Slip und T-Shirt, an sich gedrückt hatte. Beiden stand der Schrecken noch ins Gesicht geschrieben. Gerber trat vor und zückte ihren Ausweis.

„Guten Morgen. Mein Name ist Simone Gerber. Erstes

Kommissariat der Kripo Traunstein."

Die ältere Frau schluckte schwer und sagte kaum hörbar: „Was wollen Sie von uns …?"

„Das werde ich Ihnen gleich erklären", sagte Gerber. „Aber zuerst möchte ich Sie darauf hinweisen, dass Sie noch im Laufe des Vormittags einen Beschluss, ausgefertigt vom Amtsgericht Traunstein, erhalten werden, der uns berechtigt hat, Ihr Haus zu durchsuchen."

„Und wieso? Wir haben doch nichts verbrochen."

„Sie sind Melanie Strobl?", wandte sich Gerber an die jüngere Frau.

Melanie nickte nur.

„Ich würde mich gerne mit Ihnen unterhalten. Allein."

Herzog trat ebenfalls vor und streckte Melanies Mutter die Hand hin. „Kommen Sie bitte. Wir gehen inzwischen in die Küche runter und trinken eine Tasse Kaffee."

„Ich trinke mitten in der Nacht keinen Kaffee …"

„Dann eben ein Likörchen, zur Beruhigung der Nerven."

„Brauchen Sie uns noch?", fragte der Leiter des Einsatzkommandos.

„Nein, ich denke nicht", erwiderte Gerber. „Und vielen Dank. War gute Arbeit."

Die Beamten verließen geräuschvoll das Haus und Gerber setzte sich zu Melanie, die sofort ein Stück abrückte, auf das Bett. Gerber musterte sie kurz, suchte nach Spuren, die anzeigten, dass mit der Frau etwas faul war. Doch alles, was sie erblickte, war ein weiches, ausgesprochen hübsches Gesicht mit Stupsnase und großen, klaren Augen, die vor allem eines ausdrückten: Verwirrung.

„Ich habe zunächst nur eine Frage", sagte Gerber. „Wo

waren Sie vor gut drei Stunden? Genauer gesagt, so um Mitternacht?"

„Hier. Zuhause. Im Bett."

„Allein?"

„Ja."

„Und Sie haben keinen Besuch erwartet?"

„Nein. Wen denn?"

„Einen gewissen Sami Haddad zum Beispiel?"

„Den Sami? Nein." Das Mädchen schüttelte energisch den Kopf und wurde laut. „Aber jetzt sagen Sie mir endlich, was passiert ist? Sie kommen hier hereingestürmt, als ob wir Schwerverbrecher wären, und jetzt wollen Sie nur wissen, ob der Sami hier war oder nicht? Wenn Sie nach ihm suchen, dann sagen Sie's doch gleich."

„Wie kommen Sie denn darauf, dass wir einen Grund haben könnten, ihn zu suchen?"

„Weil er ..." Sie stockte kurz. „Weil er Ausländer ist, zum Beispiel."

„Oder weil er mit Drogen handelt? ... Nur zum Beispiel?"

„Davon weiß ich nichts."

„Ganz sicher?"

„Ja."

„Nun, wir haben ihn schon gefunden. Leider ..."

„Was?"

„Er wurde gegen Mitternacht etwa zwei Kilometer von hier entfernt erschossen."

„Erschossen?" Der Blick des Mädchens wurde starr. „Von wem denn?"

„Um das zu klären sind wir hier."

„Wie haben Sie überhaupt erfahren, dass der Sami und

ich …?"

„Ihre Adresse war in sein Navi eingegeben. Ebenso Ihre Telefonnummer in sein Handy."

„Ich wusste gar nicht, dass er kommen wollte …"

„Von Anfang an, bitte."

„Was?"

„Wie haben Sie beide sich kennengelernt?"

Melanie zog die Knie an und drückte sich in das Kissen. „Das war im Juni in München. Bei einem Konzert im Circus Krone."

„Was für ein Konzert?"

„Jeff Beck."

„Sagt mir nichts."

„Ein berühmter englischer Gitarrist …"

„Einfach so kennengelernt?"

„Ich war mit einer Freundin und ihrem Freund dort. Der spielt auch Gitarre. Ich bin nur mitgefahren, weil meine Freundin das so wollte. Der Sami hat neben mir gesessen und mich irgendwann angesprochen. Nach dem Konzert hat er uns dann eingeladen, noch mit in einen Club zu gehen. Ein paar Tage später hat er mich angerufen und gefragt, ob er mich mal besuchen darf."

„Und seitdem waren Sie ein Paar, oder wie?"

„Nein, so direkt nicht. Wir haben uns halt gegenseitig besucht und im August waren wir für eine Woche auf Ibiza."

„Hat er Ihnen gesagt, womit er seinen Lebensunterhalt verdient?"

„Nicht so genau. Er hat nur mal gesagt, dass er Teilhaber von einem Restaurant wäre und nebenbei als Übersetzer für Asylbewerber arbeiten würde ... Aber jetzt sagen Sie endlich, was genau passiert ist."

„Was genau passiert ist, wissen wir auch nicht. Könnte sein, dass er verfolgt wurde, dabei einen kleinen Unfall hatte und bei dieser Gelegenheit erschossen wurde."

„Und jetzt glauben Sie, ich hätte was damit zu tun, oder wie?"

„Wir mussten nur sichergehen."

„Sie haben meine Mutter zu Tode erschreckt. Und erst die Leute im Dorf! Die werden jetzt alle glauben, wir hätten einen Schwerverbrecher im Haus gehabt."

„Beruhigen Sie sich. Das kriegen wir schon wieder hin." Gerber erhob sich, ging zur Tür und horchte kurz. Von unter kam Stimmengemurmel und das Klappern von Tassen und Tellern. „War Ihre Mutter eigentlich einverstanden mit dieser Beziehung?", fragte sie.

„Wieso? Weil er ein Araber war?"

„Das auch."

„Fragen Sie sie doch selbst ..." Melanie sprang auf, schlüpfte an Gerber vorbei und rannte in das Zimmer gegenüber. Sie schlug die Tür hinter sich zu, und Gerber ging die Treppe hinab. In der Küche traf sie neben Herzog auch Buchebner und Müller, die beide, ausgerüstet mit kugelsicheren Schusswesten und Maschinenpistolen, die Rückseite des Hauses gesichert hatten. Nun saßen sie alle am Tisch und ließen sich von Melanies Mutter, die sich offenbar beruhigt hatte, gerade Kaffee und Obstkuchen servieren. Gerber lehnte sich gegen die Anrichte und ließ den geradezu idyllischen Anblick kurz auf sich einwirken.

„Tut mir leid, dass wir Sie vorhin so erschreckt haben",

sagte sie dann zu Melanies Mutter. „Aber wir mussten einfach sicher gehen ..."

„Haben Sie denn im Ernst geglaubt, meine Tochter könnte in einen Mordfall verwickelt sein", fragte die Frau.

„Möglich ist alles, leider."

„So, meinen Sie? Auch einen Kaffee?"

„Sehr gerne ..." Gerber trank im Stehen, in Gedanken bei der Frage, wie sie weiter vorgehen sollten. Vielleicht hatten sie ja Glück und die Sache ging von München aus. Dann könnten sich die Kollegen dort damit herumschlagen.

„Und wer bezahlt mir jetzt den Schaden an der Haustür?", unterbrach Melanies Mutter ihre Überlegungen.

„Keine Sorge, das wird alles geregelt."

„Das glaube ich erst, wenn es soweit ist."

6

Kern wachte kurz vor Tagesanbruch auf. Er blieb noch eine Weile liegen und starrte ins Leere, bevor er die Decke wegzog und vom Sofa aufstand. Zu seinem Erstaunen hatte er gut geschlafen. Er streckte sich, ging in die Küche und schaltete das Radio ein. Während die Kaffeemaschine lief, stellte er sich schnell unter die Dusche und putzte sich die Zähne. Pünktlich zu den Sechs-Uhr-Nachrichten war er zurück in der Küche, trank im Stehen seinen Kaffee und hörte zu, was der Lokalsender zu melden hatte. Es war nicht viel. Es war nur die Rede von einem 34-jährigen Mann aus München, einem gebürtigen Libanesen, der vergangene Nacht in der Nähe von Kirchweidach erschossen aufgefunden worden war. Kein Name, keine näheren Umstände, keine Hinweise auf einen möglichen Täter. Kern schaltete aus, stellte seine Tasse ab und ging ins Wohnzimmer, um seine dort abgestellten Schuhe anzuziehen.

Als er vor das Haus trat, zeigte sich am Horizont schon die Sonne. Der Nebel hatte sich verzogen, es würde ein schöner Herbsttag werden. Er ging um die Ecke und taxierte den Schauplatz des nächtlichen Geschehens. Entlang der Straße waren noch immer einige Einsatzfahrzeuge der Polizei geparkt, etliche Beamte, manche uniformiert, manche in Zivil, standen um den BMW und debattierten. Dazu kamen ein paar Schutzpolizisten, die mit langen Stöcken die Baumgruppe durchkämmten.

Kern überlegte noch, ob er sich das Ganze aus der Nähe anschauen sollte, als sich über die Wiese ein älterer Mann näherte. Leicht gebückt, aber mit weit ausholenden

Schritten, den Filzhut tief in die Stirn gezogen. Kern verschränkte die Arme und tat so, als würde er den Ankömmling nicht bemerken.

„Was war denn da los?", fragte der andere. „Ein Unfall?"

Kern gab keine Antwort.

„Ich weiß schon, dass du mich am liebsten auf dem Friedhof sehen würdest", zischte der Alte. „Aber solange du in meinem Haus wohnst, hast du mir gefälligst Antwort zu geben."

„Einem Dieb und Betrüger bin ich keine Antwort schuldig."

„Halt dich zurück, Bürscherl, sonst ..."

„Sonst was?"

Ein Wagen kam über die Zufahrt heran. Ein blauer VW Passat mit Traunsteiner Kennzeichen. Der Fahrer hielt ein paar Meter weit entfernt an und als er ausstieg, hatte er eine Kamera in der Hand. Die Presse. Der etwa dreißigjährige Mann, trotz der Morgenkälte nur mit einem T-Shirt und Jeans bekleidet, trat auf Kern zu.

„Einen schönen guten Morgen", sagte er. „Darf ich fragen, wer von Ihnen Herr Kern ist?"

„Das bin ich", erwiderte Kern. „Und mehr werden Sie von mir auch nicht erfahren."

„Sie wissen ja gar nicht, was ich fragen möchte ..."

„Doch, weiß ich. Aber wenn Sie Unterhaltung suchen, reden Sie mit dem Herrn da. Aber Vorsicht: Er täuscht und lügt, sowie er den Mund aufmacht." Nach diesen Worten wandte er sich ab und ging an dem Polo vorbei die Zufahrt hinunter. Kurz vor der Straße kam ihm ein zweiter Wagen entgegen, ein roter Fiat Panda mit einer blonden Frau etwa in seinem Alter am Steuer.

Irene!

Kern blieb stehen, erfreut über ihren Anblick, aber auch leicht befangen. Die Frau stoppte neben Kern, stellte den Motor ab und ließ das Fenster runter. Ihr fröhliches, offenes Gesicht ließ Kern den ganzen Ärger vergessen, stattdessen verspürte er eine unbestimmte Sehnsucht, ein Verlangen nach Frohsinn und Harmonie. Irene schob sich eine Haarsträhne hinter ihr rechtes Ohr und lächelte Kern freundlich an.

Kern beugte sich in das offene Fenster und sagte „Wie kommst du denn hierher?"

„Mein Schwager ist doch bei der Feuerwehr ..."

„Ach so. Dann weißt du also Bescheid?"

„So ziemlich. Erst wollten sie mich nicht durchlassen, aber als ich gesagt habe, ich wäre deine Freundin ..." Sie wirkte plötzlich leicht verlegen und deutete auf die zwei Männer vor der Scheune. „Was will denn der Helminger bei dir?"

„Das Gleiche, wie der Typ von der Presse neben ihm."

„Verstehe. Und, geht's dir gut?"

„Sicher ..."

„Der Willi sagt, dass er von der Polizei gehört hat, dass du Zeuge warst."

„Da hat er falsch gehört. Ich hab nur die Schüsse gehört. Und dann den Toten gefunden."

„Und weiß man schon, wer's war?"

„Ich glaube nicht. Kommst du mit rein auf einen Kaffee?"

„Würde ich gerne, aber ich bin eigentlich schon auf dem Weg zum Bahnhof. Ich fahre für ein paar Tage nach

Braunschweig, um eine kranke Freundin zu besuchen. Und wenn ich den Zug verpasse, ist das Sparticket beim Teufel."

„Alles klar."

„Aber ich kann mich zwischendurch ja mal melden, wenn dir das recht ist."

Kern nickte. „Mach das."

„Also, bis dann." Die Frau startete den Motor, setzte ein Stück zurück und wendete. Winkte Kern noch kurz zu, bevor sie davonfuhr. Kern blickte dem Wagen hinterher, bis er hinter einer Biegung verschwunden war. Irene! Die erste Frau in seinem Leben. Und vielleicht das Beste, was ihm je begegnet war. Nur dass er damals nichts davon wissen wollte.

7

„Du kannst mich an der Ecke da vorne rauslassen", sagte Achim Vogel. „Ich lauf noch ein paar Schritte ..."

„In deinem Zustand?"

„Ich brauch jetzt frische Luft. Und gebrochen ist ja nichts."

„Gebrochen vielleicht nicht, aber ..."

„Jetzt mach schon."

Doch statt anzuhalten, lenkte Krampe den Toyota spontan in eine soeben freigewordene Parkbucht vor einem Hutgeschäft. Sie stellte den Motor ab und blickte Vogel forschend an.

„Was soll das?", fragte Vogel genervt.

„Ich dachte, ich komme mit zu dir. Hast du nicht gesagt, dass der Arzt gesagt hat, dass auch später noch innere Blutungen auftreten können und du ohne Vorwarnung tot umfallen kannst."

„Wenn ich tot umfalle, macht es wohl wenig Unterschied, ob du bei mir bist oder nicht."

„So, findest du?" Krampe steckte sich eine Zigarette an, behielt Vogel dabei aber fest im Blick.

Vogel stieß einen Seufzer aus. „Jetzt sag bloß, du glaubst noch immer, der Sami und ich könnten das gedreht haben, damit du leer ausgehst?"

Die Frau sagte nichts.

„Also?"

Krampe verzog abschätzig das Gesicht. „Wenn ich das wirklich glauben würde, würdest du nicht hier sitzen. Jedenfalls nicht mit intakten Eiern."

Vogel lief ein leichter Schauder über den Rücken. Er

hatte sie nie gefragt, ob es stimmte, was vor ein paar Jahren in der Szene die Runde gemacht hatte: Dass sie bei einer dieser Partys ausgeflippt war und einen Mann, noch dazu einen bekannten Schauspieler, um Haaresbreite erwürgt hätte. Nur weil sie herausfinden wollte, ob der Typ dabei einen Ständer bekam oder nicht.

„Aber ich weiß, wann du lügst und wann nicht", sagte sie weiter. „Auch wenn ich dir für deine Blödheit am liebsten den Kopf einschlagen würde, wenn's nicht schon ein anderer getan hätte."

Vogel verzog das Gesicht und blieb stumm.

Krampe öffnete die Wagentür und schnippte die halb gerauchte Zigarette auf den Asphalt. „Ich möchte nur wissen, was ich mal an dir gefunden habe. Deine Intelligenz kann es jedenfalls nicht gewesen sein."

Einen ersten Preis hab ich mit dir auch nicht gewonnen, dachte Vogel, hütete sich aber, dergleichen auszusprechen. „Ich hab einfach nicht damit gerechnet", sagte er stattdessen nach einer Pause. „Ich meine, wenn man nicht mal dem eigenen Partner den Rücken zukehren darf ..."

„Einen Partner, den du unbedingt dabei haben wolltest!"

„Schon. Aber er kannte diese Leute einfach besser als ich. Abgesehen davon warst du einverstanden damit, schon vergessen?"

Krampe sagte nichts.

„Also, ich ruf dich später an", sagte Vogel, stieß die Wagentür auf und betrat den Gehsteig. Ohne sich umzublicken, bog er um die Ecke und schlug übellaunig den Weg zu seiner Wohnung in der Kaiserstraße ein. Dieser kleine Scheißkerl! Er konnte es noch immer nicht fassen.

Wird an einem fetten Deal beteiligt, zu dem er kaum etwas beigetragen hat, und kann den Hals dann nicht voll genug kriegen. Undankbare Ratte. Nur gut, dass Krampe die Sache vorerst so locker weggesteckt hatte. Nun konnte er nur hoffen, dass sie ihre Meinung nicht änderte. Sonst könnte es sein, dass er sich eines Morgens im Bett wiederfand, gefesselt und mit einem Rasiermesser am Schwanz.

Vor der St. Ursula Kirche angekommen, blieb er stehen und blickte zum „Kaisergarten" hinüber. Er hatte zum Frühstück nur eine Tasse Kaffee, ein paar Schmerztabletten und eine Linie Koks zu sich genommen. Später, entschied er. Erst wollte er sich duschen, umziehen und ein paar Minuten aufs Ohr legen. Er betrat den schmalen Hof, der den Wohnblock vom Nebengebäude trennte und wollte eben die Haustür aufsperren, als hinter ihm zwei junge Männer auftauchten. Vogel witterte Gefahr, doch zu spät. Im nächsten Augenblick wurde er mit Wucht gegen die Tür gestoßen, gefolgt von einem Tritt in die rechte Kniekehle. Er sackte stöhnend zusammen, spürte noch, wie seine Arme nach hinten gerissen wurden, bevor ihm kotzübel wurde.

Wieder halbwegs bei Sinnen, fand er sich auf dem Rücksitz einer Limousine wieder, mit Handschellen gefesselt und in Gesellschaft eines etwa vierzigjährigen Mannes mit getönter Brille und glattrasiertem Schädel. Seine zwei Angreifer standen neben dem Wagen auf dem Gehsteig und starrten Löcher in die Luft.

„Na, wieder bei Kräften?", fragte der Brillenträger.

„Was soll das?", keuchte Vogel. „Wer zum Teufel sind Sie?"

„Wer ich bin, erfahren Sie noch früh genug. Was ist mit Ihrem Kopf passiert?"

„Geht Sie einen Scheißdreck an."

„Das wird sich herausstellen. Wo kommen Sie jetzt her?"

Vogel sagte nichts. Stattdessen überlegte er fieberhaft, woher die Bedrohung rührte. Hatte er mit seinem Deal die Konkurrenz auf den Plan gerufen? Möglich war alles. Aber würden die am helllichten Tag derart ungeniert vorgehen? Er beugte den Kopf nach vorne und rülpste vernehmlich.

„Wenn Sie mir in den Wagen kotzen, werde ich ungemütlich", sagte der andere und hielt Vogel einen Ausweis unter die Nase. „Mein Name ist Meinhardt, LKA München. Sie sind hiermit festgenommen."

Polizei! Eine Welle der Erleichterung durchströmte Vogel. Alles war besser als die serbische Mafia, die in München das Drogengeschäft kontrollierte.

„Und warum?", fragte er.

„Das müssten Sie selbst doch am besten wissen, oder?"

„Ich weiß überhaupt nichts."

„Wie Sie wollen. Aber dann werden Sie mich wohl begleiten müssen."

Meinhardt gab den beiden Männern ein Zeichen, und Sekunden später rollte der Wagen los.

8

Erst der Scheiß mit Sami und nun das hier! Vogel verstand die Welt nicht mehr. Was wollten diese Arschgeigen von ihm? Waren seine Geschäftspartner aufgeflogen und hatten ihn verpfiffen? Oder war mit Sami etwas passiert? Oder, oder, oder ... Seine Gedanken rotierten, während er sich um Haltung bemühte. Nur keine Schwäche zeigen jetzt. Auch wenn ihm fast der Schädel platzte und sein Magengeschwür rumorte. Er wechselte einen Blick mit seinem Bewacher, dem jüngeren der beiden Männer, die ihn so unsanft in Empfang genommen hatten.

„Macht ihr das immer so? Erst mal zutreten ..."
Der Mann sagte nichts.

Vogel blickte sich in dem spärlich möblierten Raum um. Er hatte keine Ahnung, wo genau er sich befand. Meinhardt hatte seit ihrer Abfahrt geschwiegen und ihm nicht erklärt, was sie hier, im dritten Stock eines anonymen Bürogebäudes am Mittleren Ring, von ihm wollten. Nach einem Verhörzimmer sah es jedenfalls nicht aus. Eher wie ein ganz normales Büro mit lindgrün gestrichenen Wänden, einem altmodischen Schreibtisch mit Uralt-PC, zwei hölzernen Besucherstühlen und einem Regal voller Aktenordner. Dazu zwei Fenster, durch die gedämpfter Verkehrslärm drang.

„Kann ich mal telefonieren?", sagte Vogel. „Könnte sein, dass sich jemand Sorgen macht, wenn ich nicht erreichbar bin."

Sein Bewacher betrachtete seine Fingernägel und schwieg.

Ein paar Minuten später betrat Meinhardt das Büro, gefolgt von einer unscheinbaren, etwa dreißigjährigen Frau, die Vogel mit strengem Blick musterte. Meinhardt hielt einen dünnen Schnellhefter in der Hand, den er auf den Schreibtisch legte, bevor er seinem Kollegen ein Zeichen gab. Gleich darauf war Vogel die Handschellen los und rieb sich erleichtert die Handgelenke. Meinhardt setzte sich Vogel gegenüber an den Schreibtisch, die Frau stellte sich mit verschränkten Armen an eines der Fenster. Der Wachhund blieb an der Tür stehen.

„Also, Herr Vogel", sagte Meinhardt. „Fangen wir nochmal mit dem Nächstliegenden an: Was ist mit Ihrem Kopf passiert?"

„Wüsste nicht, was Sie das angeht."

„Möchten Sie die nächsten achtundvierzig Stunden in einer Arrestzelle verbringen?", fragte Meinhardt nach einer kurzen Pause.

„Wegen was?"

„Wegen Behinderung einer polizeilichen Ermittlung …"

„Wenn Sie riskieren wollen, dass ich aufgrund meiner Verletzung in der Zelle draufgehe, nur zu."

Meinhardt und die Frau wechselten einen Blick.

„Um das zu beurteilen, müssten wir wissen, was genau vorgefallen ist", sagte Meinhardt. „Haben Sie vielleicht einen entsprechenden ärztlichen Untersuchungsbericht zur Hand?"

Vogel entschied, keine weitere Energie für Spielchen aufzuwenden. Er wollte endlich wissen, woran er war. Zumal die Story, die er sich zurecht gelegt hatte, kaum zu widerlegen war.

„Ich bin gestern Abend auf dem Heimweg von einem

Spaziergang ausgerutscht und gestürzt", sagte er. „Als ich wieder zu mir gekommen bin, hab ich ein Taxi gerufen und mich zur Notaufnahme ins Schwabinger Krankenhaus fahren lassen."

„Wann war das?"

„So kurz nach zehn."

„Und dann?"

„Die haben meinen Kopf geröntgt und festgestellt, dass nichts gebrochen ist. Eine Schädelprellung, mehr nicht. Schmerzhaft, aber nicht weiter gefährlich. Jedenfalls normalerweise. Dann haben sie den Riss in der Kopfhaut gereinigt, verklebt und mir dieses hübsche Pflaster draufgesetzt. Zufrieden nun?"

„Bestehen die in so einem Fall nicht darauf, dass man zur Beobachtung dableibt?", fragte die Frau.

Vogel nickte. „Genau das haben sie vorgeschlagen. Aber wenn ich eins nicht leiden kann, dann Krankenhäuser. Also habe ich eine Bekannte angerufen und mich heimfahren lassen."

„Wann war das?"

„So um halb zwölf herum."

Meinhardt und die Frau wechselten erneut einen Blick.

„Gut, kommen wir zum nächsten Punkt", sagte Meinhardt. „Was machen Sie derzeit beruflich?"

„Ich bin Manager eines Spielsalons in der Schillerstraße."

„Eine sehr verantwortungsvolle Tätigkeit, nehme ich an?" Der Sarkasmus in seiner Stimme war unüberhörbar.

„Allerdings."

„Haben Sie da einen gewissen Sami Haddad kennengelernt?"

Also doch! Vogel räusperte sich. Ließ sich Zeit mit der Antwort. Überlegte sich jedes Wort genau. „Nein, da nicht gerade…", sagte er schließlich. „Aber er hat mal für mich gearbeitet. Ist aber schon eine Weile her."

„Und als was hat er für Sie gearbeitet?"

„Er war Barmann in einer Diskothek, die ich mal hatte."

„Und seitdem?"

„Eigentlich nichts. Er hat mich nur gelegentlich mal angerufen, wenn er mal wieder auf Jobsuche war, aber sonst hatten wir keinen Kontakt."

„Interessant." Meinhardt schlug den Schnellhefter auf und entnahm ihm einen Computerausdruck. Er schob das Papier über den Tisch zu Vogel. „Dann muss er in letzter Zeit aber geradezu verrückt nach Arbeit gewesen sein, so oft, wie er Sie angerufen hat."

„Kann schon sein", erwiderte Vogel nach einem Blick auf die Auflistung der zahlreichen Telefonate, die Sami in den zurückliegenden Wochen mit ihm geführt hatte. Scheiß Überwachungsstaat!

„Ist das alles, was Ihnen dazu einfällt?", fragte Meinhardt.

„Vorläufig schon. Es sei denn, Sie verraten mir endlich, was los ist?"

„Nun, Ihr Freund Sami Haddad ist tot."

„Was?" Vogel hatte mit allem gerechnet, aber nicht mit dieser Neuigkeit. Sami tot! Wie konnte das passiert sein? Hatte er einen Unfall gehabt? Eigentlich die einzige Möglichkeit! Und dabei hatten die Bullen das Geld entdeckt und fragten sich jetzt, woher ein vorbestrafter gebürtiger Libanese mit Verbindungen ins Drogenmilieu eine knappe halbe Million hatte. Genau, so musste es gewesen sein. Seltsam war nur, dass man ihn deswegen gleich wie einen Schwerverbrecher behandelte.

„Hatte er ... einen Unfall oder so?", fragte er vorsichtig.

„Wie kommen Sie darauf?"

„Na ja, er war erst Mitte dreißig. Da stirbt man normalerweise nicht einfach so."

Meinhardt sagte nichts.

Vogel entspannte sich ein wenig. Er spürte, dass sein Gegenüber an Schärfe verloren hatte. Lag er mit dem Unfall also doch richtig?

„Kennen Sie zufällig eine Melanie Strobl?", fragte Meinhardt.

Vogel schüttelte den Kopf. „Nein, nie gehört den Namen. Wer ist das?"

„Eine junge Frau im Landkreis Altötting. Wie es scheint, war Haddad auf dem Weg zu ihr, als jemand sechsmal auf ihn geschossen hat."

„Wer?", platzte es aus Vogel heraus.

„Tja, genau das ist die Frage ..."

Hatte Sami vielleicht Komplizen gehabt? Falsche Freunde, die ihn anschließend liquidiert und sich das Geld gekrallt hatten? Vogel rief sich zwei, drei Leute ins Gedächtnis, die er im Zusammenhang mit Sami kennengelernt hatte. Aber es waren nur Gesichter ohne Hintergrund, nichts, was ihm weitergeholfen hätte. Jedenfalls nicht auf die Schnelle. Außerdem, wieso da draußen in der Pampa? Altötting! Das war doch tiefste Provinz. Und da in der Ecke sollte Sami eine Freundin gehabt haben?

„Und wie genau ist das passiert?, fragte er. „Hat ihn jemand überfallen oder so?"

„Nun, wie es aussieht, hatte er einen kleinen Unfall, jemand kam hinzu, hat ihm seine Pistole abgenommen und ihm dann sechsmal in die Brust geschossen."

„Er wurde mit seiner eigenen Pistole erschossen?", wiederholte Vogel ungläubig.

„Richtig."

„Sie verarschen mich ..."

„Würde ich nie wagen. Aber es scheint Sie nicht zu überraschen, dass er eine Pistole dabei hatte?"

Vogel ging nicht darauf ein. Er schloss nur kurz die Augen und wünschte sich, Krampe wäre hier, um ihn aus diesem Albtraum zu erlösen. Dass Sami tot war, erschossen, okay, das konnte er gerade noch nachvollziehen, aber mit der eigenen Waffe getötet! Das ergab doch überhaupt keinen Sinn! Es sei denn, er war nicht allein unterwegs gewesen. Aber wenn er auf dem Weg zu seiner Freundin war ... Egal. Wer immer Sami umgelegt hatte, er hatte sich wenigstens den richtigen Zeitpunkt dafür ausgesucht. Hauptsache, er selbst war aus dem Spiel. Er atmete einmal tief ein und aus und versuchte, sich seine Erleichterung nicht anmerken zu lassen.

„Könnte ich vielleicht ein Glas Wasser haben?", fragte er.

„Sicher", sagte Meinhardt. „Aber zuerst klären Sie mich darüber auf, in was Sie und Ihr Freund Sami da verwickelt sind. Oder waren, was Herrn Haddad betrifft."

„Ich weiß nicht, wovon Sie reden."

„Wirklich nicht? Sie werden niedergeschlagen und knapp zwei Stunden später wird Ihr Freund Sami siebzig Kilometer von München entfernt erschossen."

„Ich bin gestürzt", sagte Vogel mit Nachdruck. „Und Sami war nicht mein Freund, sondern nur ein Bekannter unter vielen."

„Sami Haddad war wegen Drogenhandels vorbestraft", sagte Meinhardt. „Und auch bei Ihnen gibt es da einige dunkle Punkte ..."

„Das war nur einmal", widersprach Vogel. „Und da wurde ich freigesprochen, wie Ihnen bekannt sein müsste."

„Ja. Aber nur wegen unzureichender Beweislage."

„Freispruch ist Freispruch. Und was immer der Sami getrieben hat, ich hab nichts damit zu tun."

„Und Sie meinen, damit soll ich mich jetzt zufriedengeben?"

Vogel nickte. „Ja. Denn ab jetzt werde ich kein Wort mehr sagen, ohne meinen Anwalt dabeizuhaben. Sie kennen ihn vielleicht: Werner Meier."

9

Erfrischt, aber noch immer mitgenommen von der Anspannung der zurückliegenden Stunden, trat Gerber aus der Dusche, schlüpfte in ihren Bademantel und betrachtete sich im Spiegel. Was sie erblickte, gefiel ihr nicht sonderlich. Eine schlaflose Nacht, und schon sah sie zehn Jahre älter aus. Fast wie eine alte Frau, und das mit fünfundvierzig. Sie trocknete sich kurz die Haare ab und entschied, es endlich hinter sich zu bringen. Gleich nach diesem Fall würde sie reinen Tisch machen.

Herbert saß am Küchentisch, die *Süddeutsche* vor sich ausgebreitet und eine Tasse mit grünem Tee in Reichweite. Seine weiche, zu weite Jogginghose ließ die Konturen seiner dünnen Oberschenkel sichtbar werden, der Kragen seines T-Shirts franste bereits aus. Dinge, die ihr früher nicht aufgefallen waren. Sie setzte sich zu ihm und schwieg.

„Ich hab dir nochmal Kaffee gemacht", sagte er mit einem Kopfnicken in Richtung Küchentheke. „Ich kann auch schnell was zum Essen machen, wenn du möchtest?"

Gerber schüttelte nur den Kopf, gefangen in der Vorstellung, wie ihre Sonntage künftig wohl aussehen würden, ohne Herbert und seine Zeitungslektüre, ohne den gemeinsamen Spaziergang am Nachmittag und dem anschließenden Caféhaus-Besuch.

„Willst du drüber reden?", fragte Herbert.

„Nein. Nicht jetzt."

„Würde dir aber vielleicht gut tun …"

„Ich sag doch, nicht jetzt", erwiderte sie schärfer als gewollt.

Steffi betrat die Küche, ebenfalls in einen Bademantel gehüllt und mit verschlafenem Gesicht.

„Auch wieder da?", fragte sie beiläufig, während sie sich an der Küchentheke eine Tasse Kaffee einschenkte.

Gerber sagte nichts, musterte ihre Tochter nur verstohlen. Ihr ganzer Stolz! Großgewachsen und sehnig wie ihr Vater, aber zum Glück ohne dessen kräftige Nase. Und mit ihren siebzehn Jahren hoffentlich alt genug, um die Trennung zu verkraften. Blieb nur die Frage, bei wem sie wohnen wollte. Falls sie nicht ein Zimmer in einer WG suchte.

„Ich muss auch gleich wieder weg", sagte sie schließlich.

„Und wieso?"

„Es gab einen Mordfall", sagte Herbert. „In der Nähe von Kirchweidach ..."

„Wo ist das denn?"

„So gut zehn Kilometer nördlich von Trostberg."

„Und wer hat da wen umgebracht?"

„Der Tote ist ein junger Mann aus München", erwiderte Gerber. „Den Täter suchen wir noch."

„Es gab mal ne Zeit, da war ich selbst fast jedes Wochenende in Kirchweidach", sagte Herbert unvermittelt. „So Mitte der achtziger Jahre ..."

„Du?", fragte Gerber verwundert.

„Ja. Im Café Libella ..."

„Libella! Das ist doch in Altenmarkt?"

„Das ist der Nachfolge-Club. Aber ursprünglich ..."

Ihr auf der Küchentheke abgelegtes Mobiltelefon meldete sich. Gerber erhob sich, nahm Steffi die Tasse weg und trank einen Schluck, bevor sie nach dem Handy griff. Es war Herzog.

„Es gibt Neuigkeiten", sagte er. „Schlechte und seltsame. Was willst du zuerst hören?"

„Jetzt leg schon los."

„Also, in München haben sie aufgrund der Handyauswertung einen Kumpel von Haddad festgenommen, einen gewissen Achim Vogel, der aber ziemlich genau zum Zeitpunkt der Ermordung Haddads im Schwabinger Krankenhaus war, um eine Kopfverletzung behandeln zu lassen. Angeblich, weil er kurz zuvor gestürzt war."

„Aber in Wirklichkeit niedergeschlagen wurde, oder wie?"

„Genau."

„Und was sagt uns das?"

„Dass die beiden in irgendwas verwickelt waren und die Sache eskaliert ist. Den einen hat's in München erwischt, den anderen auf dem Weg zu seiner Freundin, wo er sich wohl verstecken wollte. Aber pass auf, jetzt wird es wirklich komisch. Ich hab gerade das Ergebnis der ballistischen Untersuchung erhalten: auf allen sechs Patronenhülsen befinden sich nur die Fingerabdrücke von diesem Haddad."

„Das gibt's doch nicht!"

„Scheinbar doch." Herzog kicherte. „Vielleicht hat der Müller doch recht …"

„Mit was?"

„Na das mit dem so schrecklichen Selbstmord."

„Jetzt hör auf …" Gerber setzte sich wieder an den

Tisch.

„Wir bekommen übrigens Besuch", sagte Herzog. „Der Kollege vom LKA, der in München die Sache bearbeitet, kommt heute Nachmittag vorbei, um sich vor Ort umzuschauen. Ein Hauptkommissar namens Peter Meinhardt."

„Na prima."

„Genau. Und jetzt mach dich besser langsam auf den Weg, der Chef hat die Pressekonferenz auf dreizehn Uhr vorverlegt."

10

Kern löste sich von dem Baumstamm, hinter dem er sich kurz verborgen gehalten hatte, und stapfte los. Auch wenn der Aufmarsch dort unten nichts Gutes verhieß, sich verdrücken und abwarten kam nicht in Frage. Er hatte sich nichts vorzuwerfen. Zugegeben, vielleicht hätte er den Toten nicht durchsuchen sollen, aber wollte man ihm daraus wirklich einen Strick drehen? Aber einen Grund musste es geben, weshalb sie gleich zu viert auf ihn warteten. Diese Kommissarin mit den roten Haaren hatte er sofort erkannt, aber nun, am Garten angekommen, schien ihm, als habe nicht sie, sondern ihr Begleiter das Sagen. Ein leicht dicklicher Mittvierziger mit rasiertem Schädel, modischer Brille und einem überheblichen Zug um die Mundwinkel. Die zwei jungen, drahtigen Männer in Lederjacken, die mit verschränkten Armen vor dem zweiten Wagen standen, waren dagegen eindeutig Nebenfiguren.

„Kleinen Spaziergang gemacht?", fragte Gerber.

Kern nickte nur.

„Darf ich vorstellen: Hauptkommissar Meinhardt vom LKA München ..."

Meinhardt machte keine Anstalten, Kern die Hand zu reichen, und auch Kern hielt sich zurück. Er fragte nur: „Reisen Sie immer mit Begleitschutz?"

„Ich bin nur vorsichtig. Vor allem in einer Gegend, in der sich ein kaltblütiger Mörder herumtreibt."

„Ich dachte, ich hätte mich klar genug ausgedrückt", wandte sich Kern an Gerber. „Ich hab nur die Schüsse gehört, mehr nicht. Alles Weitere müssen Sie schon selbst herausfinden."

„Genau dabei könnten Sie uns behilflich sein", sagte Meinhardt.

„Ach ja?"

„Ja. Aber zuerst würde ich vorschlagen, dass Sie uns ins Haus bitten. Könnte etwas länger dauern."

„Wie Sie wollen." Kern ging voran, sperrte die Haustür auf und führte seine Besucher ins Wohnzimmer. „Also, ich höre", sagte er, nachdem er die beiden gebeten hatte, am Tisch Platz zu nehmen. Er selbst setzte sich auf die Ofenbank, die Hände auf die Knie gestützt.

„Sind Sie immer so kurz angebunden?", fragte Meinhardt und lächelte säuerlich dazu.

Kern sagte nichts.

„Na gut, ganz wie Sie möchten. Also Folgendes: Wir haben auf der Fahrt hierher einen kleinen Umweg über Trostberg gemacht und mit Ihrem Arbeitgeber, dem Herrn Seeholzer, gesprochen. Und dabei haben wir so manch Interessantes erfahren."

„Schön für Sie", sagte Kern. „Ich frage mich nur, was das mit Ihrem Fall zu tun hat."

„Vielleicht ein ganze Menge, wer weiß." Meinhardt zog ein Notizbuch aus der Innentasche seines Staubmantels und blätterte ein paar Seiten durch. „Fangen wir doch mit Ihrem Lebenslauf an, soweit Herr Seeholzer davon Kenntnis hat: Sie haben nach der Realschule eine Ausbildung zum Landmaschinenmechaniker gemacht und anschließend bei Ihrem Onkel, der in Freilassing eine kleine Speditionsfirma hatte, als Fernfahrer angefangen. Richtig?"

Kern nickte nur.

„Anfang der neunziger Jahre haben Sie sich dann selbstständig gemacht, gut zehn Jahre später waren Sie pleite, angeblich wegen der Konkurrenz aus Osteuropa. Dann sind Sie nach Südafrika ausgewandert, wo sie bis vor knapp zwei Jahren auch gelebt haben. Auch richtig?"

Kern nickte erneut.

„Sie haben Ihrem Chef nicht viel über Ihre Zeit in Südafrika erzählt", sagte Gerber. „Darf ich fragen, was genau Sie dort gemacht haben?"

Kern zuckte mit den Schultern. „Was schon! Ich hab für meinen Lebensunterhalt gesorgt."

„Auch mit Arbeit?", fragte Meinhardt sarkastisch.

„War's das?", sagte Kern und erhob sich.

„Nicht ganz", sagte Meinhardt. „Da wäre noch dieser Prozess, den Sie heuer im Frühjahr verloren haben. Jedenfalls so gut wie verloren."

Kern sagte nichts. Er blickte Meinhardt nur starr an und setzte sich wieder.

„Okay", sagte Gerber und hob beschwichtigend die Hand. „Dann berichtigen Sie uns, wenn etwas nicht stimmen sollte." Nun zog auch sie ein Notizbuch aus ihrer Jackentasche und blätterte darin. „Also, soviel wir erfahren haben, sind Sie, nachdem man Sie über den Tod Ihres Vaters informiert hatte, im Februar vorigen Jahres hierher zurückgekommen. Und mussten feststellen, dass Ihr Vater im Laufe der Jahre sämtliche Grundstücke als auch das Haus hier an Ihren nächsten Nachbarn, einen gewissen Franz Helminger, verkauft und nur ein Wohnrecht behalten hatte. Ist das korrekt soweit?"

„Ja."

„Dagegen haben Sie dann mit der Begründung geklagt,

dass Ihr Vater zum Zeitpunkt des Hausverkaufs aufgrund einer Demenzerkrankung nicht mehr geschäftsfähig gewesen sei. Was Sie erreicht haben, ist ein Vergleich, der nun Ihnen das Wohnrecht auf Lebenszeit zusichert ..."

Kern lächelte gezwungen. „Wenn Sie Ihre Zeit mit so etwas verplempern, ist es kein Wunder, dass Sie Ihren Mörder noch nicht gefasst haben."

„Dann fassen wir doch mal zusammen", sagte Meinhardt. „Die Grundstücke sind weg, und das Haus können Sie auch nicht verwerten. Dazu kommen die Anwaltskosten, die nicht unbeträchtlich waren, wie wir gehört haben. Kurzum: Sie stecken hier fest. Können zwar umsonst hier wohnen, müssen sich aber abstrampeln, um Ihre Schulden zu bezahlen. Und was wäre da willkommener, als wenn sich plötzlich ein Ausweg aus der Misere eröffnen würde."

„Was wollen Sie damit sagen?"

„Nun, wir wissen definitiv, dass Haddad in München in eine krumme Sache verwickelt war und sich möglicherweise auf der Flucht befand. Und vielleicht etwas von großem Wert bei sich hatte: Geld, Drogen, Schmuck ..." Er beugte sich vor und wischte mit der Hand ein paar Krümel von der Tischfläche. „Das Dumme ist nur, wir haben nichts dergleichen bei ihm beziehungsweise in seinem Wagen gefunden. Und jetzt fragen wir uns natürlich, wo das Zeug abgeblieben ist."

„Zeug, von dem Sie nicht mal wissen, ob es überhaupt existiert ..."

„Gehen wir einfach mal davon aus, dass es existiert."

„Na gut, dann viel Glück bei der Suche. Sonst noch Fragen?"

„Schon möglich, die Geschichte hat nämlich noch eine Pointe."

„Da bin ich aber gespannt ..."

„Dürfen Sie. Denn so wie es aussieht, wurde Herr Haddad mit seiner eigenen Pistole erschossen. Auf den sechs Patronenhülsen, die wir gefunden haben, waren jedenfalls nur seine Fingerabdrücke."

„Mit seiner eigenen Pistole!", wiederholte Kern verblüfft. Wie konnte das denn geschehen sein? War der Mann vielleicht nicht allein unterwegs gewesen? Hatte es dabei vielleicht Streit gegeben, die Begleitperson hatte Haddad die Pistole abgenommen und abgedrückt? Aber gleich sechs Mal! Und mit welchem Wagen war diese Person danach von hier weggekommen?

Doch bevor er etwas sagen konnte, fuhr Meinhardt fort: „Ein Umstand, der nun folgendes Szenario möglich erscheinen lässt: Sie werden nicht durch die Schüsse geweckt, sondern durch den Krach des Aufpralls gegen den Baum. Sie gehen nachsehen, stellen fest, dass der Mann Wertsachen bei sich hat, nehmen ihm die Pistole ab und schießen auf ihn. Und zwar gleich sechs Mal, damit es nach Unterwelt riecht, nach einer Abrechnung unter Gangstern. Dann lassen Sie die Beute und die Waffe verschwinden und rufen die Polizei."

„Sie sind verrückt!"

„Nein, nur ein Polizeibeamter, der seine Pflicht tut."

„Dann sollten Sie vielleicht den Beruf wechseln und Drehbücher für Fernsehkrimis schreiben. Die stehen auf solch einen Mist."

„Finden Sie?"

„Ja, finde ich. Schon mal überlegt, dass er vielleicht

nicht allein im Wagen saß? Oder dass er vielleicht verfolgt wurde?"

„Von München aus? Bei diesem Nebel gestern Nacht? Und der oder die warten dann geduldig ab, bis er netterweise gegen einen Baum fährt. Und als Höhepunkt verwenden sie nicht ihre eigenen Waffen, sondern die ihres Opfers."

„Und wenn's der Beifahrer war? Oder eine Beifahrerin?"

„Die dann mit dem Auto, das Sie angeblich gehört haben, weitergefahren ist? Sehr interessante Vorstellung."

Kern sagte nichts.

„Abgesehen davon haben wir nichts in Haddads Wagen entdeckt, was auf eine zweite Person im Auto hingewiesen hätte", fügte Meinhardt nach einer Pause hinzu.

„Ich sage jetzt kein Wort mehr", sagte Kern.

„Ist Ihr gutes Recht. Aber dann haben Sie sicher auch nichts dagegen, wenn wir jetzt Ihr Haus durchsuchen. Die Kollegin von der Staatsanwaltschaft mit dem Durchsuchungsbeschluss müsste gleich hier sein."

Kern warf Gerber einen hilfesuchenden Blick zu. „Muss das wirklich sein? Abgesehen davon, dass ich die Patronenhülsen selbstverständlich eingesammelt hätte, wäre es so gewesen, wie Sie annehmen, glauben Sie im Ernst, ich hätte die Sachen dann hier im Haus versteckt?"

„Wie gesagt, wir tun nur unsere Pflicht."

11

„Mann o Mann, was für eine beschissene Gegend!" Vogel trat von dem Baum zurück, gegen den er gerade gepinkelt hatte, und blickte grinsend zu Krampe. „Sieht genauso aus wie da, wo ich aufgewachsen bin, nur anders."

„Dann wärst du vielleicht besser dort geblieben und ich hätte mein Geld noch."

Vogels Grinsen verschwand. „Ich hab fast genauso viel in den Deal investiert wie du, schon vergessen?"

Die Frau sagte nichts, warf Vogel nur einen finsteren Blick zu und ging zurück zum Wagen. Vogel blieb noch kurz stehen und fixierte die Spitze eines Kirchturms, die in einiger Entfernung hinter einer Bodenwelle auftragte. In Gedanken bei den sonntäglichen Kirchgängen, zu denen ihn seine Eltern gezwungen hatten. Gott, wie er diese Zeit gehasst hatte! Diese Spießer in ihren Sonntagsanzügen. Diese Enge und falsche Vertrautheit. Und ausgerechnet in so einer Gegend mussten sie ihrem Geld hinterher laufen! Er verzog angewidert das Gesicht. Schon allein deswegen würde dieser Kerl bluten müssen.

Wieder am Steuer, beugte er sich über die Straßenkarte, die Krampe auf ihrem Schoß ausgebreitet hatte. „Was ist?", fragte er. „Wir wissen doch, wo's langgeht."

„Und wenn was schiefläuft, du Stratege? Nimmst du dann den ersten Feldweg und hoffst, schon irgendwo anzukommen?"

„Ja, ja, ist ja gut." Vogel startete den Motor und bog wieder in die Straße ein, der sie von Trostberg bis hierher gefolgt waren. Nun lag nur noch ein Dorf namens Kirchweidach zwischen ihnen und dem Tatort. Er fuhr in das

Dorf hinein, fand die Ausfahrt nach Neukirchen an der Alz, wo entlang der Strecke laut Medienberichten der Mord an Sami verübt worden war. Die Frage war nur: wo genau? Die paar Fotos, die sie im Internet von der Stelle gesehen hatten, waren nicht sehr aussagekräftig gewesen, jedenfalls für Ortsunkundige. Eine Baumgruppe entlang der Straße, hinter der das Bauernhaus lag, wo der sogenannte Zeuge wohnte. Sie passierten ein Waldstück und erreichten kurz darauf eine kleine Anhöhe, hinter der sich der erwartete Anblick auftat.

„Da vorne müsste es gewesen sein …", sagte Vogel.

„Ja, sieht ganz so aus."

Vogel verlangsamte das Tempo und stieß einen Fluch aus, als er bemerkte, dass sie nicht die einzigen waren, die sich für den Tatort interessierten. Zwei Jugendliche liefen zwischen den Bäumen umher, gegen die sie auch ihre Fahrräder gelehnt hatten.

„Was meinst du?", fragte er. „Fahren wir weiter und kommen später nochmal her?"

„Um das Gleiche in anderer Besetzung zu erleben?"

„Okay."

Vogel parkte nach der Baumgruppe entlang der Straße ein, sie stiegen aus und gesellten sich zu den beiden etwa fünfzehnjährigen Burschen, die ihnen erwartungsvoll entgegen blickten. Vogel murmelte einen Gruß und deutete auf die Handvoll Kerzen, gruppiert um einen Baumstamm, die anzeigten, wo es passiert war.

„Habt ihr die aufgestellt?", fragte er.

Der Größere der beiden, ein schlaksiger Bursche mit schulterlangen Haaren, schüttelte den Kopf. „War jemand von der Kirche, glaube ich."

„Und ihr, was macht ihr hier?"

Der andere, eher klein und dicklich, hob sein Handy. „Wir haben nur ein paar Fotos gemacht ..."

„Klar. Wir sind übrigens von der Presse und extra aus München hergekommen, um über die Stimmung bei euch in der Gemeinde berichten."

„Stimmung?"

„Na ja, zum Beispiel, ob die Leute Angst haben, dass so etwas wieder passiert. Immerhin ist der Mörder noch nicht gefasst."

„Wir haben keine Angst", erwiderte der Größere.

„Schön für euch. Wohnt ihr beide hier in der Gegend?"

„Ja. Gleich da vorn in Feichten."

„Dann kennt ihr wahrscheinlich auch den Mann, der die Schüsse gehört und den Toten gefunden hat?", fragte Vogel mit Blick zum Bauernhaus.

„Freilich. Der Kern Tobi ..."

„Glaubt ihr, der Mann gibt uns ein Interview?"

Der Bursche schüttelte sich die Haare aus der Stirn und warf Vogel einen abschätzenden Blick zu. „Sie können's ja mal probieren. Aber was wir so gehört haben, spricht er mit niemandem über die Sache."

„Vermutlich auf Anweisung der Polizei?"

„Wahrscheinlich."

„Zu verbergen wird er ja wohl nichts haben, oder?"

„Zu verbergen?" Der Bursche blickte Vogel erstaunt an. „Was denn?"

„Keine Ahnung. Wohnt außer ihm noch jemand in dem Haus?"

„Ich glaub nicht."

„Was macht er eigentlich beruflich? In der Zeitung

stand nur: ein Anwohner."

„Er ist Lastwagenfahrer. Für eine Baufirma in Trostberg."

„Und als Mensch, wie ist er da so?"

„Mei, ein bisschen eigen war er schon immer, sagt mein Vater. Aber immer hilfsbereit ..."

Das will ich doch hoffen, dachte Vogel.

„So, aber jetzt müssen wir los", sagte der Bursche und stieß seinem Kumpel in die Seite.

„Alles klar. Wiedersehen." Vogel griff nach Krampes Arm und schlenderte mit ihr über die Straße. Auf der Zufahrt zum Haus blieben sie stehen und blickten über die verwitterte, leicht lückenhafte Bretterwand zum Dach der Scheune hoch, wo ein paar Dachziegel nicht richtig lagen.

„Scheint eine ziemliche Bruchbude zu sein", sagte Vogel. „Kein Wunder, dass er die Gelegenheit ergriffen hat. Mich wundert nur, dass ihm die Bullen den Scheiß so einfach abgekauft haben, den er ihnen erzählt hat: Schüsse gehört, den Toten gefunden ..."

„Vielleicht haben sie einfach nicht genug Beweise?"

„Oder sind zu blöd, um die Sache richtig anzupacken. Eine Frau als Chefin der Sonderkommission! Da kann ja nichts bei rauskommen."

„Sprichst du bei anderen auch so über mich?"

„Nein, natürlich nicht", erwiderte Vogel schnell.

Zurück an der Unfallstelle, stieß er mit einem Fußtritt die Kerzen um und sagte. „Tja, Sami, so geht das, wenn man seine Freunde bescheißt. Man landet selbst auf ewig in der Scheiße."

„Ganz toll", sagte Krampe. „Vielleicht hättest du Trauerredner werden sollen, statt mit einem Lokal nach dem anderen pleite zu gehen."

„Und jetzt?", fragte Vogel.

„Das frage ich dich. Du bist doch der Experte fürs Landleben."

Vogel blickte in die Runde und deutete auf die kleine, mit vereinzelten Bäumen bewachsene Anhöhe, die sich östlich des Anwesens erstreckte. „Ich schätze, von dort oben haben wir den besten Überblick", sagte er. Und nach einer Pause: „Was machen wir eigentlich, wenn wir nichts raskriegen aus ihm? Oder sich herausstellt, dass er wirklich nichts mit der Sache zu tun hat?"

„Du kannst es ja mit einer Entschuldigung versuchen."

„Hä?" Vogel blickte Krampe verständnislos an.

Krampe lächelte böse. „Ich meine natürlich, bei dem, was dann noch von ihm übrig ist."

Vogel schüttelte mit gespielter Entrüstung den Kopf. „Meine Güte. Du kannst es wohl kaum erwarten, was?"

„Warum nicht? Wäre ja nicht persönlich gemeint."

„Für ihn schon, fürchte ich."

12

„Hey Tobi, warte doch mal ..."

Kern blieb stehen und drehte sich um. Max, der jüngere der beiden Reiter-Brüder, kam über die Straße auf ihn zu. Schwerfällig wie ein Bär und wie üblich mit einem leicht debilen Grinsen im aufgeschwemmten Gesicht.

„Von dir hört man ja tolle Sachen", sagte Max, nachdem er schwer atmend zum Stehen gekommen war. Kern wich unwillkürlich einen Schritt zurück. Max hatte schon zu ihren Schulzeiten nicht viel von Körperhygiene gehalten, aber nun, mit Mitte fünfzig und einem Gewicht von gut hundertzwanzig Kilo, kam dies verstärkt zum Ausdruck.

„Was denn für Sachen?", fragte Kern zurückhaltend.

„Na, die Sache mit dem Toten, den du gefunden hast."

„Und was daran soll so toll gewesen sein?"

„Na, hast du keine Angst gehabt, dass diese Typen zurückkommen könnten?"

„Zurückkommen! Wieso denn?"

„Na, das machen sie doch manchmal in den Fernsehkrimis. Weil sie irgendwas vergessen oder verloren haben. Und schon steckt der Zeuge ganz groß in der Scheiße."

„Blödsinn. Außerdem, wer sagt denn, dass es gleich mehrere Täter waren?"

„Weiß nicht ... So halt."

„Eben ..."

„Da ist er ja, unser Held des Tages", unterbrach ihn die Stimme von Max' Bruder Hannes, der sich von hinten angepirscht hatte. Ein bulliger Mann mit Stiernacken und rosigem Gesicht.

„Ich möchte nur wissen, was ihr alle habt", sagte Kern.

„Wir machen uns halt Sorgen", sagte Hannes und klopfte Kern dabei kumpelhaft auf die Schulter. „Passiert ja nicht alle Tage, dass ein alter Schulkamerad in einen Mordfall verwickelt wird."

Kern sagte nichts. Alter Schulkamerad! Dabei hatten die zwei Brüder auch ihn schikaniert, wenn auch nicht so arg wie manch andere.

„Sag mal, haben die Bullen noch immer keine Spur von dem Täter?", fragte Hannes. „Ich meine, heute ist schon Dienstag ..."

„Da musst du sie schon selber fragen."

„Klar. Hauptsache, du hast selbst nichts dabei abbekommen, oder?"

„Wie geht's denn so?", fragte Kern, um das Thema zu wechseln. „Alles in Ordnung bei euch zuhause?"

„Schön wär's", sagte Hannes. „Jetzt ist auch noch die Tante, die für die Mam einspringen sollte, krank geworden. Und dann der scheiß Sommer, der uns gut ein Drittel der Ernte gekostet hat. Ich sag dir nur eins: scheiß Landwirtschaft. Am liebsten würde ich den ganzen Krempel verkaufen, bevor ich endgültig pleite gehe."

„So schlimm?"

„Schlimmer."

„Es soll aber staatliche Beihilfen geben, habe ich gelesen."

„Das kannst du vergessen. Bevor die was rausrücken, können Jahre vergehen."

„Verstehe. Also keine Ausflüge mehr, rüber nach Ostermiething?"

„Was?"

„Du weißt schon, dieser neue Puff gleich hinter der Grenze, von dem du mir vor ein paar Monaten ganz begeistert erzählt hast: Freie Drinks und Flatrate beim Vögeln."

Hannes schüttelte energisch den Kopf. „Das war mal. Aus und vorbei. Bin froh, wenn ich die Raten für den neuen Trecker zusammenkratze."

„Hallo, Herr Kern ..."

Kern wandte sich zur Seite. Vor ihm stand eine blonde, leicht pummelige Frau um die dreißig, die ihn mit unsicherem Blick musterte. Obwohl er sie nicht kannte, kam sie Kern auf seltsame Weise vertraut vor.

„Ja ...?"

„Ich bin die Angelika, Irenes Tochter."

„Freut mich", sagte er und schüttelte Angelikas ausgestreckte Hand. „Sie sehen sich sehr ähnlich."

„Ist das nun ein Kompliment für mich oder meine Mutter?"

„Also dann, wir müssen weiter", sagte Hannes zu Kern. „Aber schau doch mal vorbei, wenn du Zeit hast."

„Mache ich", sagte Kern.

Hannes und Max trollten sich.

Kern wandte sich wieder der jungen Frau zu. „Wohnen Sie auch hier im Dorf?", fragte er.

„Nein. Mich hat's nach Burgkirchen verschlagen. Aber ich komme fast jeden Tag mit meiner Tochter hierher. Mein Mann ist nämlich auf Montage in Katar."

„Schau an. Und, wie gefällt's ihm dort?"

„Eher nicht so. Aber der Verdienst ist spitze."

„Immerhin ... Ist Irene denn schon zurück?"

„Nein, sie kommt wie geplant heute Abend mit dem

letzten Zug. Ich habe nur ein paar Sachen vorbeigebracht." Sie schenkte Kern ein Lächeln. „Sie hat mir übrigens schon viel von Ihnen erzählt."

„Dann müssen Sie aber ein ziemlich schlechtes Bild von mir haben."

„Halb so wild. Ich war mit siebzehn auch nicht gerade berechenbar … Wissen Sie schon was Neues über den Mord an diesem Libanesen?"

„Leider nein."

„Merkwürdige Sache, nicht? Ich meine, wenn man wenigstens wüsste, warum er umgebracht wurde."

„Stimmt."

Sie reichte Kern nochmals die Hand. „Also dann, vielleicht sehen wir uns ja bald mal wieder."

„Ja. Würde mich freuen."

13

Kern lag im Bett, fand aber keinen Schlaf. Schon den ganzen Abend geisterte ihm etwas durch den Kopf, ohne dass er es zu fassen kriegte. Er ließ den Nachmittag nochmals Revue passieren: Die Einkäufe, die er im Dorf erledigt hatte, das kurze Gespräch mit den Reiter-Brüdern, die Begegnung mit Irenes Tochter Angelika, mehr war eigentlich nicht geschehen. Aber was davon hatte ihn beunruhigt? Dass er ständig gefragt wurde, wie es ihm gehe und ob die Polizei schon wisse, wer der Täter sei, an das hatte er sich in den vergangenen Tagen fast schon gewöhnt. Die Leute waren eben neugierig. Und manche auch echt besorgt. Oder taten zumindest so wie die Reiter-Brüder, die sich ansonsten einen feuchten Kehricht um ihre Mitmenschen kümmerten.

Dann fiel ihm endlich ein, worüber er gestolpert war: Wie hatte Max gleich gefragt: „Hast du keine Angst gehabt, dass diese Typen zurückkommen könnten?"

Diese Typen!

War das nur so dahergeredet, oder steckte mehr dahinter? Mehr, als Max eigentlich wissen konnte? Kern richtete sich auf, plötzlich wieder hellwach. Natürlich konnte es sein, dass dieser Haddad von mehreren Männern verfolgt, überwältigt und dann mit seiner eigenen Waffe erschossen worden war. Aber selbst die Polizei hielt dies für höchst unwahrscheinlich, wie er nicht zuletzt am eigenen Leib erfahren hatte. Nur gut, dass der Staatsanwalt und diese Kommissarin nach der erfolglosen Hausdurchsuchung vorerst auf weitere Maßnahmen verzichtet hatten. Sonst säße er jetzt vielleicht in Untersuchungshaft und müsste auf das Beste hoffen.

Aber wer sonst könnte den Mann erschossen haben? Vielleicht jemand, der zufällig an der Unfallstelle vorbeigekommen war und irgendwie ... Kern weigerte sich kurz, den Gedanken weiter zu verfolgen. Es war einfach zu weit hergeholt! Bis er sich daran erinnerte, wie schnell und entschieden Hannes die Puff-Besuche in Österreich abgestritten hatte. Besuche, bei denen die zwei Brüder an seinem Hof vorbeikamen, mitten in der Nacht.

Diese Typen!

Aber aus welchem Grund sollten die beiden den Mann ermordet haben? Weil er „etwas von großem Wert" bei sich hatte, wie dieser LKA-Kommissar zu wissen glaubte? Kern warf die Bettdecke ab. Ihm war plötzlich heiß geworden. Das wäre ja ein Ding, die Reiter-Brüder als kaltblütige Killer. Doch wie hätten sie das angestellt? Dieser Libanese war doch bewaffnet gewesen! Schön, Hannes war ein Unruhestifter, vor allem dann, wenn er getrunken hatte. Da konnte er echt fies werden. Genauso wie Max, der zwar nicht der Schlaueste war und sich gewöhnlich an seinen Bruder hielt. Aber zwei Schläger vom Land gegen eine bewaffnete Unterweltfigur wie diesen Haddad? Nein, das passte einfach nicht. Er grübelte weiter, fand aber keine Lösung und fiel irgendwann in einen unruhigen Schlaf.

Es war mehr eine Ahnung als ein Geräusch, was ihn weckte. Er richtete sich auf und blickte zum Wecker. 03:24. Die Stunde des Wolfes. Er horchte angestrengt, doch kein Laut drang zu ihm, weder von draußen noch aus dem Hausinneren. Dennoch war an Schlaf nicht mehr zu denken. Nicht, bevor er der Sache nachgegangen war. Er stand auf, schlüpfte in die Hose und griff nach der Machete, die er seit dem Mordfall auf dem Nachttisch platziert hatte. Derart ausgerüstet, schlich er die Treppe hinab, fast lautlos, auch wenn die eine oder andere Stufe leise ächzte und knarrte.

Im Flur angekommen, blickte er sich argwöhnisch um. Die Haustür war fest verschlossen und die Fenster im Erdgeschoss waren mit Fensterkreuzen versehen, von daher konnte also keine Gefahr rühren. Aber von der Rückseite her, vom Hintereingang. Der war zwar auch verriegelt, würde für einen Einbrecher aber kein großes Hindernis darstellen. Also müsste er da als Erstes nachsehen. Doch er hatte sich kaum in Bewegung gesetzt, als er unvermutet im Lichtkegel einer Taschenlampe stand, die vom Ende des Flurs auf ihn gerichtet war. Er kniff die Augen zusammen und versuchte zu erkennen, wer sich dahinter verbarg.

„Wirf das Ding da weg und bleib, wo du bist", rief ein Mann, akzentfrei und der rauen Stimme nach etwa in seinem Alter. „Wir wollen nur mit dir reden."

Fragt sich nur, unter welchen Umständen, dachte Kern, während er gleichzeitig die Lage einschätzte: Wir, das hieß: zwei Personen, wenn nicht mehr, die garantiert bewaffnet waren. Bewaffnet und gefährlich. Also nicht gerade der beste Moment, um den Helden zu spielen. Auch wenn sich alles in ihm sträubte, vor diesen Galgenvögeln Reißaus nehmen zu müssen. Noch dazu im eigenen Haus, auf seinem Grund und Boden.

„Jetzt mach schon."

„Alles klar", sagte Kern und warf mit einer einzigen fließenden Handbewegung die Machete in Richtung des

Sprechers. Im nächsten Augenblick hatte er den Haustürschlüssel umgedreht und die Tür aufgerissen. Hinter ihm dröhnte ein Schuss durch den Flur, doch da war er schon losgerannt, hinein in die schützende Dunkelheit.

14

„Scheiße"

Vogel blieb erschöpft stehen und blickte ratlos in die Runde. Der Dreckskerl hatte sie abgehängt, keine Frage. Dabei war er sicher gewesen, dass der Mann genau in dieses Gehölz gelaufen war. Er lauschte kurz, doch das einzige Geräusch kam von Krampe, die sich seitlich von ihm durch das Gebüsch kämpfte. Sollten sie dennoch weitersuchen? Er knipste seine Taschenlampe an und leuchtete das Unterholz vor sich aus. Aber nichts. Zu blöd auch, dass er die Nerven verloren hatte, als diese verdammte Machete seinen Kopf streifte. Jetzt wusste der Kerl natürlich, dass es kein Pardon geben würde, sollten sie ihn in die Finger kriegen. Also blieb ihnen nur eine Wahl: Sie mussten auf schnellstem Weg zurück zu ihrem Wagen, bevor dieser Kuhbauer die Bullen alarmierte. Er steckte die Pistole ein und drehte sich zu Krampe um, die nun aufgeholt hatte, das Gesicht unter der Wollmütze zu einer wütenden Grimasse verzerrt.

„Er ist weg", sagte er lahm.

Statt einer Antwort explodierte etwas in seinem Gesicht, gefolgt von einem stechenden Schmerz, der ihm fast das Gleichgewicht raubte. Er ließ die Taschenlampe fallen und torkelte ein Stück rückwärts, entsetzt und verwirrt zugleich. Bis er begriff, dass Krampe ihm soeben einen Fausthieb auf die Nase verpasst hatte. Er spürte Blut auf der Oberlippe und riss den Mund auf, um zu protestieren, aber da war Krampe schon wieder heran, packte ihn mit beiden Händen an den Jackenaufschlägen und stieß ihn gegen einen Baumstamm. Etwas Spitzes bohrte sich in seine Kopfhaut knapp unterhalb der Stelle, wo ihn Samis Schlag mit der Pistole getroffen hatte. Vogel wurde schwarz vor den Augen, gleich darauf übel und er sackte wimmernd zu Boden. Er registrierte noch einen Fußtritt, dem ein zweiter folgte, dann war endlich Ruhe.

Einer Ohnmacht nahe, hörte er Krampe wie aus der Ferne plärren: „Du bist doch das blödste Arschloch, das auf dieser Welt herumläuft. Da hast du den Scheißkerl direkt vor der Knarre und versaust es. Und dann rennst du auch noch in die falsche Richtung." Sie versetzte Vogel einen weiteren Tritt, diesmal exakt zwischen die Beine. „Ich sollte dich wirklich loswerden, jetzt auf der Stelle."

Vogel schnappte nach Luft und übergab sich, durchzuckt von Todesangst. Noch ein oder zwei Schläge mehr, und er würde aus eigener Kraft nicht mehr hochkommen. Er rollte sich auf die Seite, vergrub sein Gesicht in dem feuchten, mit Laub bedeckten Waldboden, und wünschte sich, diesen Deal nie angeleiert zu haben. Wenn er Krampe verlor, was blieb ihm dann noch?

15

Nachdem er die ersten Häuser passiert hatte, blieb Kern stehen und hielt Ausschau. Doch ringsum war alles ruhig und leer. Das Dorf schlief. Er bog um zwei, drei Ecken und blieb erneut stehen, den Blick auf das geräumige Einfamilienhaus gerichtet, in dem Irene wohnte. Allein, so viel er wusste, seit ihre zwei Kinder ausgezogen waren und ihr Mann Manfred vor einigen Jahren einen tödlichen Herzinfarkt erlitten hatte. Trotzdem zögerte er kurz. Eigentlich hatte er absolut kein Recht, sie mit seinen Problemen zu belästigen, Jugendfreundin hin oder her. Zumal er keine Ahnung hatte, ob sie nicht einen Freund hatte, der bei ihr wohnte. Aber es war kalt, er war verdreckt und durchnässt, seine Füße bluteten und die Vorstellung, was diese Typen mit ihm gemacht hätten, steckte ihm noch in den Knochen. Er straffte sich, blickte ein letztes Mal in die Runde und ging auf die Haustür zu.

Er klingelte, und es dauerte nur ein paar Sekunden, bis im Obergeschoss Licht gemacht wurde. Er trat von der Tür zurück, um von oben gut sichtbar zu sein. Tatsächlich wurde gleich darauf ein Fenster geöffnet und Irene zeigte sich.

„Ich bin's", rief Kern mit gedämpfter Stimme. „Kannst du mich reinlassen?"

„Bin gleich unten ..."

Praktisch, flott und keine Umstände machend. Kern kam fast ein Lächeln aus. So war sie schon immer gewesen.

„Mein Gott, wie siehst du denn aus?", entfuhr es ihr bei seinem Anblick. „Was ist denn passiert?"

„Ist eine längere Geschichte, fürchte ich."

Irene hielt ihm die Tür auf, und er trat ein. Sie zeigte ihm das Badezimmer und sagte: „Stell dich erst mal unter die Dusche, danach sehe ich mir deine Füße an. Vom Manfred sind noch ein paar Sachen da, die dir eigentlich passen müssten."

Zehn Minuten später saß Kern, in Irenes Bademantel gehüllt, auf einem Hocker neben der Badewanne und sah zu, wie sie seine Füße erst mit einem Desinfektionsmittel einsprühte und anschließend etliche Stellen an seinen Fußsohlen mit Heftpflaster abklebte.

„Eine der Schrammen sieht ziemlich übel aus", sagte sie. „Die sollte sich vielleicht ein Arzt ansehen."

„Mal sehen."

Kern zog die Wollsocken an, die ihm Irene neben einem Paar Sandalen bereitgelegt hatte, und folgte der Frau ins Wohnzimmer.

„Kaffee oder was Stärkeres?", fragte sie.

„Am besten beides."

Irene verschwand in der Küche, und Kern setzte sich auf die Couch und versuchte, sich einen Reim auf das Geschehen zu machen. Was hatten die beiden von ihm gewollt? Nur mit ihm reden ganz bestimmt nicht. Dagegen sprach schon, dass sie auf ihn geschossen hatten. Also was dann? Eigentlich gab es nur zwei Erklärungen: Entweder waren sie hinter den ominösen Wertsachen her, von denen dieser LKA-Kommissar gesprochen hatte, oder sie wollten ihm aus Rache an den Kragen, weil sie ihn für den Mörder Haddads hielten.

„So, und jetzt erzähl mal", sagte Irene, während sie ein Tablett mit zwei Tassen Kaffee, Milch und Zucker sowie einer fast vollen Flasche Whiskey auf dem Couchtisch abstellte. Kern kippte etwas Bourbon in seinen Kaffee, nahm einen Schluck und entschied, seinen Verdacht bezüglich der Reiter-Brüder vorerst zu verschweigen. Stattdessen begann er seine Erzählung mit dem verdächtigen Geräusch im Haus und beschloss sie mit seiner erfolgreichen Flucht durch den Wald.

„Das ist ja schrecklich", sagte Irene. „Aber wieso nur? Du hast den Toten doch nur gefunden. Oder glauben die etwa …?"

„Sieht ganz so aus. Zumal die Polizei annimmt, dass der Mann irgendetwas Wertvolles bei sich hatte. Geld, Drogen, keine Ahnung …"

„Dann verstehe ich immer weniger, warum du nicht sofort die Polizei alarmiert hast?", fragte Irene.

„Das kann ich dir verraten: Erstens, nach wem sollen sie denn suchen? Nach ein paar Figuren unbestimmten Alters? Wenn sie gültige Papiere haben und nicht gerade von der Polizei gesucht werden, schlüpfen sie durch jede Kontrolle. Zweitens: Weil die liebe Polizei nämlich glaubt, dass ich der Täter sein könnte. Wenn ich denen jetzt davon erzähle, werden sie mich erst recht verdächtigen."

„Was?"

„Ach so, davon weißt du ja nichts." Kern setzte erneut an und berichtete Irene von diesem LKA-Kommissar aus München und der Hausdurchsuchung.

„Die spinnen doch", war ihr einziger Kommentar dazu.

„Wem sagst du das."

„Trotzdem musst du die Sache melden. Vielleicht finden sie ja Spuren im Haus."

Kern nickte. „Ja, schon klar. Aber erst morgen Vormittag. Kann ich solange bei dir bleiben?"

Irene lächelte. „Du kannst solange bleiben, wie du willst. War eh schon lange kein Mann mehr im Haus."

„Das ist lieb von dir, aber ich fürchte, das geht nicht. Ich würde dich damit nur in Gefahr bringen."

„Wieso das denn?"

„Die werden auch weiter hinter mir her sein, schätze ich."

„Willst du etwa in ein Hotel gehen?"

„Ja, zum Beispiel. Jedenfalls fürs Erste."

Irene schüttelte energisch den Kopf. „Kommt gar nicht in Frage. Du bleibst hier und damit basta."

16

„Der Punkt ist der, dass es so nicht weitergehen kann", sagte Kriminalrat Ewald Röhrig, ein schlanker, früh ergrauter Endvierziger mit Blick zu Gerber. „Jetzt haben wir schon Mittwoch und wir können nicht das Geringste vorweisen. Das ist einfach nicht akzeptabel."

Die zehnköpfige Sonderkommission, die Röhrig unter der Leitung von Gerber und Herzog eingerichtet hatte, verharrte in gespanntem Schweigen.

„Wir können nichts erzwingen", erwiderte Gerber schließlich.

„Was ist eigentlich mit diesem Zeugen, diesem Tobias Kern? Hat sich da gar nichts weiter ergeben?"

„Leider nein. Wie Sie wissen, war die Hausdurchsuchung erfolglos, und ansonsten ist an seiner Aussage nicht zu rütteln."

„Der Kollege Meinhardt war da entschieden anderer Meinung, wie ich mich erinnere."

„Sein gutes Recht. Eine Meinung ersetzt aber keine Vorschläge, wie man die Sache anders angehen könnte." Gerber deutete beiläufig auf die paar Computerausdrücke, die vor ihr auf dem Tisch lagen. „Abgesehen davon hat er, was Haddads Umfeld in München betrifft, bisher auch nichts Handfestes geliefert."

„Das heißt, es spricht immer mehr dafür, dass der Täter möglicherweise ein Einheimischer war, der zufällig vorbeikam und vielleicht sogar ganz in der Nähe des Tatorts wohnt?"

„Richtig. Und zwar sehr wahrscheinlich nördlich davon, da sich der Wagen des Täters laut dem Zeugen Kern in diese Richtung entfernt hat. Aber wo ansetzen? Das einzig Konkrete, was wir bislang über den Täter wissen, ist, dass er ein Auto besitzt. Aber ohne verwertbare Reifenabdrücke bringt uns das auch nicht weiter."

„Na schön." Röhrig legte seinen Kugelschreiber beiseite und blickte sinnierend über die Köpfe der versammelten Beamten hinweg zum Fenster hinaus. „Es gibt also nichts, was wir der Presse mitteilen könnten?", sagte er nach einer Pause.

Gerber schüttelte den Kopf. „Ich kann nichts erfinden …"

„Auch nicht ein bisschen was? Eine neue Spur vielleicht, der man nachgehen wird?"

„Dann sollen die halt was erfinden", sagte Herzog, der neben Gerber hockte. „Ist doch eh ihre eigentliche Spezialität!"

„Wer die …?", fragte Röhrig mit einem Stirnrunzeln.

„Na, die Zeitungsfritzen halt. Ich hab da nämlich zufällig einen Artikel in der *Frankfurter Allgemeinen* gelesen, in dem …"

„Du liest die FAZ?", unterbrach ihn Robert Bödecker, der gegenüber saß, mit einem Grinsen im bärtigen Gesicht.

„Klar. Hat mein Vater abonniert. Und wenn ich mal Zeit habe, schaue ich rein."

„Und welche Weisheit hast du nun daraus gewonnen?", fragte Gerber, erfreut über die Ablenkung.

„Dass das mit den Fake News ein alter Hut ist. Die haben schon immer gelogen, dass sich die Balken biegen. Vor allem die Kriegsberichterstatter. Da wurde meist der gedruckt, der am besten erfinden und schreiben konnte."

„Sehr interessant, Herr Kollege", sagte Röhrig. „Aber sehe ich da nicht einen gewissen Widerspruch?"

„Wieso?"

„Nun ja, einerseits behaupten Sie, dass die Zeitungen lügen, andererseits berufen Sie sich dabei ausgerechnet auf einen Zeitungsartikel ..."

Bevor Herzog antworten konnte, ging die Tür auf und eine der Schreibkräfte trat ein. „Ein Herr Kern steht an der Pforte und möchte mit Ihnen sprechen", sagte sie zu Gerber.

„Sagen Sie ihm, ich hole ihn ab", erwiderte Gerber und folgte der Schreibkraft in den Flur hinaus. Sie lief die Treppe hinab und betrat den Eingangsbereich, wo Kern vor dem Schalter auf sie wartete.

„Hallo, Herr Kern", sagte sie betont freundlich. „Das ist ja eine Überraschung. Was führt Sie denn zu mir?"

Kern ging nicht darauf ein. Er blickte sie nur mit finsterer Miene an und sagte mit scharfer Stimme: „Können Sie mir mal verraten, was Sie den ganzen Tag hier treiben? Außer, dass Sie Unschuldige verdächtigen und ihre Häuser durchsuchen?"

„Was ist denn das hier für ein Ton?", fuhr ein uniformierter Beamter, der hinter Gerber die Treppe herabgekommen war, Kern an. „Wer sind Sie überhaupt?"

„Das ist Herr Kern", sagte Gerber schnell. „Wir kennen uns ..."

„Und wieso dieser Auftritt?"

„Ich hatte gestern Nacht Besuch", sagte Kern zu Gerber, ohne den Uniformträger zu beachten. „Sehr unfreundlichen Besuch, um genau zu sein."

„Heißt das, man hat Sie überfallen?"

„Genau das."

„Und wer?"

„Gute Frage. Nur war ich leider zu beschäftigt, mich in Sicherheit zu bringen ..."

„Und wieso haben Sie uns nicht sofort alarmiert?"

„Warum wohl? Weil Sie diese Typen ebenso wenig erwischt hätten wie den Mörder von diesem Haddad."

„Kommen Sie, gehen wir in mein Büro hoch", sagte Gerber und deutete zur Treppe. Kern folgte ihr und setzte sich auf den einziger Besucherstuhl des Büros, das sie sich mit Herzog teilte.

„Können Sie die Männer wenigsten beschreiben?", fragte Gerber.

„Schön wär's ..."

„Und was genau ist jetzt passiert?"

„Ich habe sie im Haus überrascht. So um halb vier morgens. Ich war natürlich schon im Bett, bin zum Glück aber rechtzeitig wach geworden. Erst haben sie behauptet, sie wollten nur mit mir reden, und als ich das nicht wollte, haben sie auf mich geschossen und mich anschließend durch die Gegend gehetzt."

„Reden über was?"

„Keine Ahnung. Vielleicht über diese ominösen Wertsachen, die Ihr Kollege erwähnt hat."

„Und wo haben Sie die Nacht verbracht?"

„Bei einer Bekannten."

Gerber blickte zu Herzog, der in der Tür stand und Kern misstrauisch musterte.

„Darf ich vorstellen: Herr Kern, mein Kollege Herzog."

Herzog nickte nur.

„Herr Kern wurde gestern Nacht in seinem Haus überfallen", sagte Gerber weiter. „Ein paar Männer, die versucht haben, ihn in ihre Gewalt zu bringen."

„Und warum erfahren wir erst jetzt davon?"

„Weil er uns für unfähig hält."

„Da hat er vielleicht nicht mal Unrecht. Ansonsten hätten wir ihn wohl längst überführt."

„Sie können mich mal ...", sagte Kern und erhob sich.

„Stopp und Ruhe jetzt", sagte Gerber und trat zwischen die beiden. Sie drückte Kern mit sanfter Gewalt auf den Stuhl zurück und gab Herzog mit einem Blick zu verstehen, dass er sich zurückhalten soll.

„Wenn die schon bei Ihnen im Haus waren", sagte sie zu Kern, „dann haben sie vielleicht auch Spuren hinterlassen. Also würde ich vorschlagen, wir schicken die Spurensicherung hin."

„Wenn Sie meinen ..."

„Vielleicht solltest du ihm auch noch Polizeischutz anbieten", sagte Herzog. „Könnte ja sein, dass die wiederkommen. Geister machen das manchmal."

„Machen Sie, was Sie wollen", sagte Kern, stand erneut auf und zwängte sich an Herzog vorbei in den Flur. „Die Haustür steht offen. Die Kugel müsste irgendwo in der Wand daneben stecken."

„Und Sie?" Gerber drückte Herzog beiseite und folgte Kern ein paar Schritte. „Was haben Sie jetzt vor?"

„Ich fahre mit meiner Bekannten zum Chiemsee raus, wenn's recht ist."

„Und weiter?"

„Werde ich wohl für längere Zeit verreisen müssen. Es sei denn, Sie unternehmen endlich was für Ihr Gehalt."

Nach diesen Worten kehrte ihnen Kern den Rücken zu und ging zur Treppe vor.

„Arrogantes Arschloch", murmelte Herzog. „Das mit dem Überfall kann er seiner Großmutter erzählen."

Gerber schüttelte den Kopf. „Ich weiß nicht, für mich klang er ziemlich glaubwürdig. Er ist vielleicht nicht der umgänglichste Mensch, aber für einen Lügner halte ich ihn nicht."

17

„Traumhaft, nicht", sagte Irene.

Kern nickte, auch wenn seine Vorstellung von „traumhaft" entschieden anders aussah, viel mit Wüste, endlosen Weiten und unberührter Natur zu tun hatte. Wenn er sich recht erinnerte, war er nur einmal auf dem Chiemsee gewesen, am Tag seiner Firmung, als sein Onkel mit ihm einen Ausflug auf die Fraueninsel gemacht hatte.

„Und jetzt?", fragte Irene. „Gehen wir erst ein Stück spazieren oder gleich ins Café?"

„Café", sagte Kern. „Bewegung hatte ich gestern Nacht genug. Außerdem habe ich Hunger."

Sie gingen die Böschung wieder hinauf und wandten sich dem Gastgarten des direkt am Ufer gelegenen Cafés zu. Sie fanden gleich am Eingang einen freien Tisch und setzten sich, Irene mit Blick auf den See, Kern mit Blick auf den Parkplatz nebenan.

„Und das macht dir wirklich nichts aus?", fragte Irene. „Ich meine, dass die Polizei jetzt dein Haus nach Spuren absucht, ohne dass du dabei bist?"

„Warum sollte es? Die haben bei der Hausdurchsuchung eh schon alles auf den Kopf gestellt."

„Stimmt auch wieder."

„Sie wünschen bitte?" Vor ihnen stand die Bedienung, ein schlanker, sehr dunkelhäutiger Mann um die zwanzig mit Lockenkopf und Ohrringen.

„Ich hätte gern einen Cappuccino und ein Glas Leitungswasser dazu", sagte Irene.

„Ich nehme das Kalbsgeschnetzelte, das auf der Tafel vorne steht, und ein alkoholfreies Weißbier", sagte Kern.

Der Kellner tippte die Bestellung ein und verschwand wieder.

„Und wie soll es jetzt weitergehen?", fragte Irene nach einer Pause.

„Keine Ahnung. Aber wenn die Polizei nichts erreicht, werde ich mein Gastspiel hier wohl beenden müssen. Gestern Nacht hatte ich noch Glück, aber ich kann nicht ewig wachsam sein."

„Du glaubst also, die kommen wieder?"

„Garantiert."

„Und von was willst du dann leben?"

„Das wird sich zeigen. Bisher habe ich noch immer etwas gefunden."

„Bitte schön." Der Kellner stellte ihnen die Getränke auf den Tisch.

„Ist vielleicht nicht gerade der passendste Moment, das zu fragen", sagte Irene nach einer weiteren Pause. „Aber warum bist du mir eigentlich aus dem Weg gegangen, seit du zurück bist?"

„Bin ich das?"

„Ja."

„Tja, ich weiß nicht ..."

„War es wegen Manfred?"

Kern zuckte mit den Schultern. „Möglich."

„Manfred ist jetzt seit über drei Jahren tot."

„Sicher. Aber anfangs wusste ich ja nicht mal, ob ich überhaupt hierbleiben werde. Dazu der Ärger mit dem alten Helminger. Außerdem, na, du weißt schon ..."

„Mein Gott, das ist jetzt vierzig Jahre her. Hast du im Ernst geglaubt, ich bin dir noch immer böse?"

„Kann man's wissen."

„Wärst du eigentlich in Südafrika geblieben, wenn dein Vater nicht gestorben wäre?"

„Ich weiß nicht. Ich hatte zwar immer einen Job, aber es war ein ständiges Auf und Ab. Vor allem die letzten Jahre, als ich wieder als Lkw-Fahrer unterwegs war. Da gab's dann so viele Überfälle, dass der Chef schon überlegt hat, ob er die Firma nicht verkaufen soll."

„Bist du auch überfallen worden?"

Kern nickte. „Mehr als einmal." Er lächelte gezwungen. „So gesehen war das gestern Nacht keine Premiere."

„Aber dir ist nie etwas passiert? Ich meine, körperlich?"

Kern überlegte kurz, ob er Irene von dem dänischen Ehepaar erzählen sollte, dass er ermordet in der Wüste aufgefunden hatte, ließ es dann aber sein. Er sagte: „Wie man's nimmt. Aber wenn dir so ein Verrückter minutenlang mit einem Sturmgewehr vor der Nase herumfuchtelt und brüllt, dass er dich gleich abknallen wird, dann ist das sehr wohl eine körperliche Erfahrung, würde ich sagen."

„Puh, das ist ja wie im Wilden Westen ..."

„Was willst du machen? Das Land ist wunderschön, aber leider auch so pleite wie korrupt. Die Touristen, die sich zumeist in Sicherheitszonen aufhalten, bekommen davon natürlich nichts mit."

„Und die Polizei?"

„Die Polizei!" Kern verzog verächtlich das Gesicht. „Die mischt da munter mit."

„Bitte sehr, der Herr". Der Kellner servierte Kern das Essen und wünschte einen guten Appetit.

„Ich gehe inzwischen mal telefonieren", sagte Irene, nahm ihre Handtasche und stand auf. „Ich glaube, ich muss da einiges vorbereiten."

Bevor Kern fragen konnte, was sie damit meinte, war sie weggegangen. Er ließ es sich schmecken und vergaß dabei fast, dass er vor wenigen Stunden noch um sein Leben gerannt war. Er war kaum fertig, da tauchte Irene wieder auf.

„Alles erledigt?", fragte Kern.

„Ich denke schon." Irene setzte sich wieder und trank einen Schluck von ihrem Leitungswasser. „Ich habe mit dieser Kommissarin Gerber gesprochen, eine sehr nette Frau übrigens, und habe sie gebeten, dass die Polizei solange in deinem Haus bleibt, bis du alles Nötige gepackt hast. Dann fährst du mit zu mir, und da bleibst du vorläufig."

„Das kann ich nicht annehmen ..."

„Und ob du das kannst."

Kern überlegte kurz. „Einverstanden", sagte er dann, „aber nur unter einer Bedingung."

„Und die wäre?"

„Dass ich mir eine Waffe besorgen kann. Eine Pistole oder einen Revolver, je nachdem."

„Hast du denn einen Waffenschein?"

„Das nicht gerade ..."

„Also illegal?"

Kern nickte nur.

„Und wo kriegt man so ein Ding? In diesem Darknet oder wie das heißt?"

Kern lächelte befreit. Er hatte schon befürchtet, Irene würde Bedenken anmelden. Oder vielleicht sogar strikt dagegen sein. „Der Reiter-Hannes hat mir von einem Bordell bei Ostermiething erzählt. Muss ein ziemlich übler Laden sein. Flatrate beim Sex und so. Und wer so einen Laden betreibt, der verkauft auch andere Sachen."

18

Kern parkte ein, stieg aus und blickte sich um. Er zählte neun Autos auf dem von einem Jägerzaun umgrenzten Parkplatz, darunter eine Jaguar-Limousine, ein Porsche und ein alten Ford Mustang. Zu sehen war niemand. Das Gebäude dahinter war eine ehemalige Waldgaststätte, wie er erfahren hatte, die vor einigen Jahren in ein Bordell samt Spielsalon umfunktioniert worden war. Äußerlich war davon nicht viel zu bemerken, nur die Leuchtschrift über dem Eingang fiel etwas aus dem Rahmen.

BLUE HORSE

Kern ging darauf zu, und prallte im Flur mit einem kräftig gebauten Mann Mitte zwanzig zusammen, der gerade telefonierte. Der Mann musterte ihn kurz und ließ ihn nach einem Kopfnicken passieren. Kern stieß die Schwingtür auf und betrat die Gaststube, die wie ein Western-Saloon dekoriert war, mit Steckbriefen, Winchester-Büchsen und einem Büffelschädel an den holzvertäfelten Wänden. Dazu ein langer Tresen mit einer Reihe von Barhockern, gesäumt von etlichen runden Tischen. Am Ende des Tresens befanden sich zwei Türen, die beide geschlossen waren. Außer dem Barmann, einem hageren Mann undefinierbaren Alters, und einer extrem vollbusigen Frau um die zwanzig mit blondgefärbtem Haar, die auf einem der Hocker saß, war niemand anwesend. Kern stellte sich an den Tresen und lächelte freundlich.

„Schönen Abend, der Herr ...", sagte der Barkeeper.

„Ist hier immer so viel los?", fragte Kern.

„Kommt darauf an ..."

„Ach ja? Und auf was zum Beispiel?"

„Zum Beispiel, ob die Leute, die herkommen, nur neugierig sind oder einen netten Abend verbringen möchten."

Kern deutete auf das Bild an der Wand hinter dem Tresen: „Immerhin scheint der Besitzer ein Kunstliebhaber zu sein."

Der Barkeeper war Kerns Blick gefolgt. „Kunst! Ich sehe da nur ne Riesenmöse."

„Und den Ursprung der Welt", sagte Kern.

„Wenn Sie meinen. Was darf es zu trinken sein?"

„Geben Sie mir einen Campari Orange ..."

„Kommt sofort."

Die Frau rutscht von ihrem Hocker und trippelte zu Kern heran. „Bist du ein Dichter oder so?" fragte sie mit stark osteuropäischem Akzent.

„Nicht dass ich wüsste. Aber so heißt das Bild nun mal: Der Ursprung der Welt."

„Echt?"

„Ja."

„Und woher weißt du das alles?"

„Ich war mal mit jemandem befreundet, der sich mit so etwas auskennt. Ist angeblich das umstrittenste Werk der Kunstgeschichte. Das Original hängt im Louvre, glaube ich."

„Interessant. Spendierst du mir einen Drink?"

Kern nickte. „Aber sicher. Auch einen Campari?"

„Ein Gläschen Sekt wäre mir lieber ..."

Kern und der Barkeeper wechselten einen Blick. „Auch gut", sagte Kern.

„Ich hab auch so meine Künste", sagte die Frau dann

und zupfte an ihrem Ausschnitt.

„Das glaube ich dir gerne. Ein paar Bekannte von mir haben nämlich gemeint, ich sollte unbedingt mal bei euch reinschauen. Vielleicht kennst du sie: Zwei Brüder, etwa in meinem Alter. Der eine auffallend groß, ein richtiges Schwergewicht."

Die Frau nickte nur mit griesgrämiger Miene.

„Schlechte Erfahrungen mit den beiden gemacht?"

„Warum fragst du?"

Kern zuckte mit den Schultern. „Nur so, weil's halt Bekannte sind. Aber wir können auch übers Wetter reden. Oder was ein Mädel wie dich hierher verschlagen hat ..."

„Der eine ist ganz okay", unterbrach ihn die Frau, „aber um den Dicken reißt sich keine von uns."

„Den müsst ihr vorher wahrscheinlich immer unter die Dusche stellen?"

„So ungefähr."

„Also sind sie quasi Stammgäste hier?"

Die Frau nickte erneut. Aber ihr Gesichtsausdruck verriet, dass sie die Fragerei langsam satt hatte. Kern entschied, nicht weiter nachzuhaken. Zumal er im Grunde nun Bescheid wusste: Die Reiter-Brüder waren regelmäßig spätnachts auf der Strecke unterwegs, die an seinem Haus vorbeiführte. Erster Punkt abgehakt.

„Offen gesagt, bin ich ein wenig gehemmt", sagte er nach einer kurzen Pause. „Ich war nämlich schon lange nicht mehr in einem Laden wie diesem hier."

„Hauptsache, du hast nicht verlernt, wie's geht."

„Das nicht gerade, aber seid ihr auch offen für Sonderwünsche hier?"

„Kommt darauf an, was du möchtest. Und was du dafür ausgeben willst?"

„Klingt gut. Könnte ich mit deinem Chef darüber sprechen?"

„Warum nicht mit mir?"

„Weil ich dich nicht gerade für eine Expertin für Schusswaffen halte."

Der Barmann servierte die Getränke. „Gerry ist nicht da", sagte er. „Und wen er nicht kennt, mit dem macht er auch keine Geschäfte. Macht fünfzig Euro."

Kern zückte seine Brieftasche und legte das Geld auf den Tresen. „Ich nehme an, das Trinkgeld ist dabei inbegriffen?"

Der Barkeeper grinste nur und ließ die Scheine verschwinden.

„Ich würde trotzdem gerne mit diesem Gerry reden", sagte Kern, nachdem er an dem Getränk genippt hatte.

Der Barkeeper und die Frau wechselten einen Blick.

„Soll ich Andres holen?", fragte die Frau.

„Lass mal." Der Barkeeper fixierte Kern mit zusammengekniffenen Augen. „Ich weiß nicht wieso, aber irgendwie bist du mir sympathisch. Kennst dich mit Kunst aus, siehst aber aus wie ein Kerl, der sein halbes Leben in der Wildnis verbracht hat. Frag mich nur, wieso ein Typ wie du eine Knarre braucht?"

„Nur eine Vorsichtsmaßnahme."

„Ist jemand hinter dir her?"

Kern nickte. „Schon möglich."

„Aber nicht die Polizei, hoffe ich?"

„Die hat nichts damit zu tun."

„Okay, warte hier ..." Der Barkeeper verschwand durch

eine der Türen am Ende des Tresens. Kern nippte weiter an seinem Campari. Die Frau steckte sich eine Zigarette an und starrte ins Leere. Nach kaum einer Minute kam der Barkeeper zurück, begleitet von einem gut zwei Meter großen Mann mit breiten Schultern und blonder Löwenmähne, der Kern unwillkürlich an einen Schauspieler denken ließ, der mal in einem Wikinger-Film mitgespielt hatte. Dazu passte auch das Amulett mit dem Wolfskopf, das die Brust des etwa dreißigjährigen Hünen zierte.

„Ich hab gehört, du willst aufrüsten?" fragte er mit leicht spöttischem Blick.

„So ist es."

„Und wer sagt mir, dass du kein Bulle bist?"

„Dein Instinkt", erwiderte Kern. „Plus deine Menschenkenntnis und die Tatsache, dass die Polizei wohl keinen Mann in meinem Alter als Undercover-Agenten einsetzen würde."

„Vielleicht ist gerade das der Trick dabei?"

„Vielleicht. Vielleicht geht auch morgen die Welt unter, was wissen wir schon ..."

„Und zu was brauchst du das Ding?"

„Nun ja, das ist einfach erklärt: Bei mir drüben wurde vor kurzem ein Mann auf offener Straße erschossen. Genauer gesagt, ganz in der Nähe von meinem Haus ..."

Gerry nickte. „Hab davon gehört."

„Ja. Aber es kommt noch schlimmer: Nicht nur, dass keiner weiß, wer und warum den Mann erschossen hat, jetzt treiben sich auch noch ein paar schräge Vögel in der Gegend herum. Und wer weiß, wer noch alles aufkreuzt."

„Wenn du Angst hast, schaff dir einen Hund an."

„Meine Frau mag keine Hunde. Sie hat gesagt, lieber

eine Waffe im Haus als so ein stinkender Köter."

„Ich mag Hunde. Hab selbst ein paar."

„Du bist ja auch nicht mit meiner Frau verheiratet."

Gerry lachte. „Am besten, wir besprechen das draußen."

Auf dem Parkplatz angekommen, warf Gerry einen Blick auf Kerns Wagen. Der alte VW-Polo schien ihm unverdächtig. „Komm morgen wieder her", sagte er und klopfte Kern dabei gönnerhaft auf die Schulter. „So gegen Mitternacht. Vielleicht hab ich dann was für dich. Ob Pistole oder Revolver, weiß ich noch nicht."

„Okay … Und wie viel würde mich das kosten?"

„Einen guten Tausender, würde ich sagen."

„So viel?"

„Ja. Dafür ist das Ding sauber und Munition gibt es auch dazu."

„Alles klar." Kern nickte dem Langhaarigen zu und stieg in seinen Wagen.

19

„Und, gefällt Ihnen die Vorstellung?"

Gerber blickte ungehalten über die Schulter, aber es war nur ihr Sitznachbar, der sie aus ihren Gedanken gerissen hatte.

„Ja, ja, ganz gut", murmelte sie, in der Hoffnung, dass es damit getan war.

„Bitte auch einen Espresso", sagte der Mann zu der Bedienung und stellte sich neben Gerber an den Tresen. Gerber rückte ein Stück zur Seite. Sie verspürte absolut keine Lust auf eine Unterhaltung.

„Ich finde ihn auf der Bühne ja viel besser als im Fernsehen", sagte der Mann weiter. „Aber das ist ja fast immer so, oder?"

„Schon möglich", erwiderte Gerber kurz angebunden, wobei sie den Mann beiläufig musterte. Er war wohl ein paar Jahre jünger als sie, vielleicht Anfang vierzig, groß und schlank und mit seinem kantigen Gesicht und den dunklen, tiefliegenden Augen eine durchaus ansprechende Erscheinung. Sie trank ihren Espresso aus und warf dabei einen Blick auf seine eher schmalen Hände. Kein Ring.

Was wollte der Mann von ihr? Nur Smalltalk machen? Oder war er scharf auf sie? Und sie? Hatte sie Lust auf ein Abenteuer? Nein, sie hatte nur etwas Ablenkung gesucht, aber dieser Wunsch war nun auch passé. Dämlicher Kerl.

„Was mir besonders gefällt, ist die Art, wie er die Leute dazu animieren möchte, freiwillig ihren Lebensstil zu ändern", sagte der Mann weiter.

„Freiwillig läuft in der Regel gar nichts", sagte Gerber möglichst schroff. „Das ist jedenfalls meine Erfahrung."

„Dann sind Sie also für mehr Verbote?"

„Keine Ahnung. Ich weiß nur, dass die Sklavenhandel nicht verschwand, weil einige Leute freiwillig darauf verzichtet haben, sondern weil er verboten wurde."

„Interessanter Aspekt ..."

„Genau. Also bis später." Gerber nahm ihre Handtasche und ging zurück ins Foyer des Theaters. Eine halbe Minute später stand sie auf dem Parkplatz, die Hand schon am Türgriff ihres Fiat Sedici. Aber wollte sie wirklich schon nach Hause? Zu Herbert und dieser neuen TV-Krimiserie, die von allen Seiten hochgelobt wurde? Aber wo sollte sie sonst hin? Sie kannte Traunreut eigentlich nur aus beruflicher Sicht, und die Lokale, die sie dabei kennengelernt hatte, konnte sie abhaken.

Andererseits, sie befand sich mitten in der Stadt, vielleicht gelang ihr eine zufällige Entdeckung. Zumal die Nacht mild war und angenehm nach Herbst roch. Sie verließ den Parkplatz wieder und ging einfach los. Passierte ein chinesisches Restaurant und eine Spielhalle, vor der ein paar Ausländer lautstark debattierten, und stand nach wenigen Minuten vor dem Kino. Sie betrachtete die Plakate, fand aber nichts, was sie auch nur entfernt interessiert hätte. Stattdessen verspürte sie plötzlichen Hunger, und ihr fiel ein, dass es unweit eine McDonalds-Filiale gab. Also ging sie wieder zurück und stand gleich darauf inmitten einer Schar Jugendlicher vor dem Tresen des Lokals.

Sie bestellte einen Becher Kaffee, Pommes und zwei Veggie-Burger und setzte sich damit an einen Wandplatz.

Ein Bursche mit einem Spinnen-Tatoo auf dem glattrasierten Schädel grinste sie auf geradezu unverschämte Art an. Gerber hielt seinem Blick stand. Der Bursche verzog sich zu seinen Freunden, und sie widmete sich ihrem Essen, mit extra viel Zucker im Kaffee. Ihre Figur würde sie schon wieder in den Griff kriegen, spätestens nach der Trennung von Herbert. Sie überlegte, wann sich die ersten Risse bemerkbar gemacht hatten, wann die Beziehung angefangen hatte zu bröckeln? Der Rhodos-Urlaub vor genau einem Jahr kam ihr in den Sinn. Wie er sie mit seinen kunsthistorischen Ausführungen zum ersten Mal gelangweilt hatte. Sie plötzlich lieber allein sein wollte, sogar beim Baden. Allein und frei.

20

Am Waldrand angekommen, lehnte Kern das Fahrrad gegen einen Baumstamm, nahm das Fernglas aus seiner Umhängetasche und schaute sich um. Der Hof der Reiter-Brüder lag in einer kleinen Senke und war auf drei Seiten von Wald umgeben. Früher mal ein schönes, gepflegtes Anwesen, soweit er sich erinnern konnte, nun aber wirkte es heruntergekommen und wenig einladend. Der Gemüsegarten war von Unkraut überwuchert, das Hofgelände mit Schmutz übersät und die paar Autowracks hinter dem Stallgebäude waren auch nicht gerade eine Zierde. Zu sehen war niemand, weder Mensch noch Tier. Kern ging ein paar Schritte den Abhang hinab und setzte sich im Schatten einer mächtigen Fichte auf einen Baumstumpf. Seine Umhängetasche mit der von Gerry gekauften, 15-schüssigen Beretta legte er neben sich ab.

Lag dort unten die Lösung seiner Probleme? Oder hatte er sich da in irgendwas verrannt, nur weil er die Brüder nicht mochte, sie nie gemocht hatte. Aber selbst wenn die Polizei seinem Verdacht nachging und die Brüder unter die Lupe nahm, und die beiden wirklich den Mord begangen hatten, würde man es ihnen auch nachweisen können? Inzwischen war fast eine Woche vergangen, mehr als genug Zeit, um Haddads Pistole und die Wertsachen, die er zweifellos bei sich gehabt hatte, verschwinden zu lassen. Gut, vielleicht würde die Spurensicherung fündig werden, irgendwelche DNA-Spuren entdecken, mit dem sich ein Zusammenhang konstruieren ließ. Aber wenn nicht? Dann würden die zwei weiter frei herumlaufen, und seine nächtlichen Besucher würden sich weiter an ihn halten.

Aber was könnte er sonst machen? Kern blickte zu der Tasche mit der Pistole. Sollte er sich einen der Brüder schnappen und zum Reden bringen? Hannes war ein harter Brocken, aber bei Max hätte er vielleicht schon mit Drohungen Erfolg. Und dann? Er schüttelte den Kopf. Nein, das kam nicht in Frage. Höchstens, wenn es die einzige, die absolut letzte Möglichkeit gewesen wäre. Also half alles nichts, er müsste dieser Kommissarin alles erzählen, was er sich da zusammengereimt hatte, und dann auf ihre Kompetenz vertrauen. Forsch genug war sie ja. Ausgelaugt vom Druck der zurückliegenden Tage, glitt er nach einer Weile von dem Baumstumpf und legte sich rücklings ins dürre Gras, die Hände hinter dem Kopf verschränkt.

Als er den Traktor hörte, fuhr er hoch, sekundenlang orientierungslos. Bis ihm klar wurde, dass er eingeschlafen war. Wie ein alter Mann einfach weggetreten, eingelullt von der Wärme und Ruhe ringsum. Er setzte sich auf und schaute zum Hof hinunter, wo der Traktor eben hinter dem Stallgebäude hervorkam und auf einen Feldweg einbog, mit Max hinten auf dem Trittbrett. Den Fahrer konnte er wegen der Kabinenverkleidung nicht erkennen, war aber mit Sicherheit Hannes. Der Schlepper nahm Kurs auf den Wald im Westen, etwa zweihundert Meter von seinem Standort entfernt. Kern blickte auf die Uhr. Kurz nach drei. Etwas spät, um noch im Wald zu arbeiten.

Er wartete, bis der Traktor zwischen den Bäumen verschwunden war, und rannte los. Den Waldweg zu finden, auf dem die beiden unterwegs waren, war nicht schwer, zumal er nur dem Geräusch des Traktors zu folgen brauchte. Am Rande eines Abhangs angekommen, sah er unter sich den Traktor, der eben eine schmale Brücke überquert hatte und weiter dem Weg folgte, der nun entlang eines fast ausgetrockneten Bachbetts tiefer in die kleine Schlucht hineinführte. Er wartete kurz, bis die beiden mit ihrem Gefährt hinter einer Biegung verschwunden waren, und lief dann hinterher.

Nach der Biegung weitete sich die Schlucht, und Kern erblickte eine kleine Holzhütte mit Veranda, vor der der Traktor geparkt war. Hannes und Max kamen gerade aus der Hütte, jeder eine Flasche Bier in der Hand und in offensichtlich bester Laune. Kern zog sich schnell zurück und kletterte den lehmigen, mit Gestrüpp bewachsenen Abhang hoch. Oberhalb der Hütte versteckte er sich hinter einem Baumstamm und versuchte, die Szene zu deuten. So eine Hütte im Wald hatten viele Bauern, und manche davon waren schon zu seiner Jugendzeit ein beliebter Treffpunkt gewesen, um abseits der Wirtshäuser mit viel Alkohol zu feiern. Aber was wollten die beiden hier? Ein Bier konnten sie doch genauso gut zu Hause trinken. Dazu mussten sie doch keinen Ausflug unternehmen, schon gar nicht, wenn Mutter und Tante krank waren und damit für die Arbeit auf dem Hof ausfielen, wie ihm Hannes erzählt hatte.

Max stellte seine gerade leergetrunkene Flasche auf der Veranda ab und trat zu dem Stapel Brennholz, der neben der Hütte aufgeschichtet war. Er fuhr mit der flachen Hand fast liebevoll über die Abdeckplane und rief seinem Bruder lachend etwas zu, bevor er seinen Pimmel herausholte und gegen das Holz pinkelte. Kern war verwundert.

Was war so komisch an einem Stapel Brennholz? Die Holzpreise waren doch im Keller, wie er erst kürzlich gelesen hatte. Hannes trank ebenfalls aus, und Max brachte die leeren Flaschen zurück in die Hütte, während Hannes den Schlepper wieder in Gang setzte. Er wendete und wartete, bis Max die Tür abgesperrt hatte und wieder hinten drauf stand.

Kern wartete, bis das Geräusch des Traktors vollständig verklungen war, bevor er hinab stieg. Nun überzeugt davon, dass die zwei nicht eine Stunde verplempert hatten, nur um hier ein Bier zu trinken. Nein, die waren hierher gekommen, um etwas zu überprüfen. Um sich zu vergewissern, dass alles auch so war, wie es sein sollte. Er warf einen Blick durch das einzige Fenster der Hütte, konnte auf Anhieb aber nichts Ungewöhnliches entdecken. Nur einen Tisch, auf dem ein Kasten mit Bier und zwei Plastikbehälter standen. Sollte er dennoch einbrechen und sie durchsuchen? Oder erst nachschauen, was es mit dem Holzstapel auf sich hatte? Er zog die Plane weg, und erblickte nichts als Holz. Na gut, müsste er halt den Stapel abtragen.

Er wurde überraschend schnell fündig. Das Geld, das er in einem Loch unterhalb fand, war ebenfalls in eine schwarze Plastikplane gepackt. Dutzende Bündel mit Fünfzig- und Hunderteuroscheinen. Er ging damit zur Veranda, setzte sich und zählte es flüchtig durch. Er kam auf gut 450.000 Euro. Was hieß, dass seine nächtlichen Besucher wohl niemals aufgeben würden. Zumal er sie durch seine Flucht in ihrem Verdacht nur bestätigt hatte. Er nahm eines der Bündel wieder in die Hand, spürte die Verlockung, die davon ausging. War dies der große Wurf, auf den jeder Mensch hofft, der nicht reich geboren wurde? Der Topf mit Gold am Ende des Regenbogens? Nicht, dass er sich beklagen konnte. Er hatte immer genug Geld gehabt, um seine Rechnungen zu bezahlen. Aber immer auch hart dafür gearbeitet. Doch wie lange noch? In ein paar Jahren war er sechzig, und wenn er Pech hatte, ein Fall für die Sozialhilfe. Abgesehen davon war es sehr wahrscheinlich schmutziges Geld, der Erlös aus einem illegalen Geschäft oder so. Was weiter hieß, dass er nur ein paar Gangster schädigen würde, wenn er es behielt. Aber würde ihm das Geld auch Glück bringen?

Kern warf das Bündel zu den anderen und erhob sich, nach allen Seiten sichernd. Die kleine Schlucht lag inzwischen völlig im Schatten. Er lief ein paar Schritte hin und her, unschlüssig, wie er weiter vorgehen sollte. Klar, noch könnte er einen Rückzieher machen, die Reiter-Brüder ans Messer liefern und als Begründung für seinen Alleingang den nächtlichen Überfall angeben. Dann würden die Brüder im Knast und das Geld bei der Polizei landen, und er müsste darauf hoffen, dass die Leute, die ebenfalls hinter dem Geld her waren, sich sagen würden: Pech gehabt. Und die Sache vergessen würden. Was aber, wenn sie nicht so großzügig gestimmt waren? Wenn sie stattdessen eine Mordswut auf ihn hatten und auf Rache sannen? Dass sie vor nichts zurückschrecken würden, hatten sie bereits mehr als deutlich gemacht.

Ein scharrendes Geräusch aus dem Wald schreckte ihn auf. Nur ein Tier? Er griff nach seiner Umhängetasche, holte die Beretta heraus und horchte angestrengt. Nichts. Stattdessen sah er ein weiteres Problem auf sich zukommen: Für die Polizei war er nach wie vor ein Tatverdächtiger! Könnte er unter diesen Umständen überhaupt schnell genug aus der Gegend verschwinden, um eine zweite Begegnung mit seinen Verfolgern zu vermeiden? Und was war mit Irene? Könnte er die Frau einfach so zurücklassen? Dass sie an einem Neuanfang interessiert war, hatte sie eindeutig signalisiert. Und er?

Ein Nachtvogel schwirrte über die Lichtung. Kern sah ihm hinterher und entschied, es darauf ankommen zu lassen. Ride till it's crashing. Er setzte sich wieder und packte das Geld zusammen.

21

Kern hatte die Schlucht bereits hinter sich gelassen, als ihm klar wurde, dass er mit dem Geld nicht bei Irene aufkreuzen konnte. So viel Verständnis würde sie dann doch nicht aufbringen. Also brauchte er ein Versteck, und zwar schnell. Doch wo? Vielleicht in dem Waldstück, das sein Vater ebenfalls verkauft hatte? Er senkte den Kopf, um einem tiefhängenden Ast auszuweichen, und verspürte im nächsten Augenblick einen Schlag auf die linke Schulter, der ihn nach vorne taumeln ließ. Er stolperte über eine Baumwurzel und fiel auf die Knie, der Packen mit dem Geld rutschte ihm aus der Hand. Er hatte nur einen Gedanken: die Pistole. Doch bevor er die Waffe aus seiner Umhängetasche zerren konnte, traf ihn ein zweiter Schlag am Hinterkopf, der ihn zu Boden warf. Vor seinen Augen zuckten Blitze und er merkte, wie ihm leicht übel wurde. Dann endlich spürte er den Griff der Beretta, warf sich herum und bohrte die Mündung in das fleischige Gesicht von Hannes, der über ihm aufgetaucht war, einen Stock in der rechten, erhobenen Hand.

Hannes zuckte zurück und blieb über Kern gebeugt stehen.

„Hör auf damit", fauchte Kern. „Wirf den scheiß Stock weg, oder es knallt."

Noch während er dies sagte, verschwamm die Sicht vor seinen Augen. Zum Glück nur für zwei, drei Sekunden, aber die Benommenheit blieb. Nur keinen Aussetzer jetzt, sonst war er geliefert. Er hielt sich an einem Baumstamm fest und richtete sich mühsam auf, die Waffe weiter auf Hannes gerichtet.

Eine unmögliche Situation!

„Woher hast du davon gewusst?", zischte Hannes und stieß dabei mit seinem Stock nach dem Packen Geld, der nun zu seinen Füßen lag.

„Ich hab gesagt: Weg damit ...", sagte Kern.

„Hannes ließ den Stock fallen.

„Dein Bruder quatscht zu viel", sagte Kern. „Hat was von Typen erzählt, die vielleicht hätten zurückkommen können. Ganz so, als wüsste er mehr. Und dann deine Reaktion auf meine Frage nach diesem Puff in Ostermiething. Ich hab mich dort erkundigt. Von wegen, seit Monaten nicht mehr da gewesen. Also war klar, dass ihr möglicherweise auch in dieser Nacht bei mir vorbeigekommen seid."

„Arschloch ..."

„Und du? Wieso bist du hier? Hast du mich vorhin gesehen?"

„Gesehen nicht. Aber ich hab gespürt, dass irgendwas nicht stimmt. Also dachte ich, schau ich lieber nach ... Wie lange bist du schon hinter uns her?"

„Erst seit heute Nachmittag."

„Scheiße."

„Selber schuld."

„Es war nicht so, wie du vielleicht denkst."

„Nein? Dann erzähl doch mal, was passiert ist. Aber bleib weg von mir, hörst du. Und setz dich hin."

Hannes zögerte kurz, ließ sich dann aber auf seinen Hintern nieder. Kern tat es ihm gleich, die Hand mit der Pistole auf die angezogenen Knie gestützt. Er fühlte sich wieder etwas besser.

„Wir wollten ihm erst nur helfen, ehrlich", sagte Hannes. „Aber so aufgeregt, wie der Kerl war, hab ich gemerkt, dass da irgendwas faul ist mit ihm. Und so hab ich angefangen, mich für die Tasche zu interessieren, die auf dem Beifahrersitz gelegen hat. Hab ihn erst nur im Spaß gefragt, ob er in der Tasche da vielleicht Drogen transportiert oder so. Und da ist er total ausgeflippt und wollte an die Tasche ran. Max hat ihn gestoppt, und was sehe ich: einen Haufen Geld und obenauf eine Pistole ..." Hannes verstummte. Er schniefte, wischte sich mit dem Ärmel die Nase ab und gab ein leises Stöhnen von sich.

„Und weiter?"

„Du wirst es vielleicht nicht glauben, aber es wäre garantiert anders gekommen, wenn der Blödmann nicht angefangen hätte, uns zu drohen. Wenn er nicht gesagt hätte, dass wir tot sind, wenn wir das Geld nehmen, dass uns die scheiß Drogenmafia jagen und finden würde. Ich meine, der Kerl hat uns praktisch gezwungen, ihn zu erschießen."

„Erzähl das mal dem Richter. Der wird sich totlachen!"
Hannes sagte nichts.

„Außerdem: erschießen ist gut! Ihr habt den Mann regelrecht durchlöchert. So schwer kann es euch also nicht gefallen sein, ihn umzubringen."

„So, meinst du?" Hannes schnitt eine Grimasse.

„Ja, meine ich. Ihr wolltet wohl, dass es wie eine Hinrichtung aussieht? Wie eine Abrechnung unter Gangstern? Damit keiner auf die Idee kommt, dass zwei so Deppen vom Land dahinterstecken könnten."

„Blödsinn."

„Hat der Max auch abgedrückt?"

Hannes schüttelte den Kopf.

„Und die Waffe, wo ist die jetzt?"

„Hab ich zerlegt und die Teile irgendwo da hinten in ein Loch geworfen ..."

„Immerhin."

„Und jetzt?" Hannes rutschte unruhig umher, die rechte Hand wieder gefährlich nahe an seinem Stock. „Glaubst du vielleicht, du kannst das Geld jetzt einfach so behalten?"

„Wer sollte mich daran hindern? Du vielleicht?"

„Damit kommst du nicht durch", sagte Hannes. „Das garantiere ich dir."

Darüber war sich auch Kern im Klaren. Vor allem aber wusste er, dass er langsam von hier weg musste. Seine Kopfschmerzen waren stärker geworden, und er spürte eine seltsame Schwäche in den Beinen.

„Ihr hättet einfach weiterfahren können", sagte er dann.

„Weiß ich, aber ..." Hannes kramte nach einem Taschentuch und wischte sich das stoppelbärtige Gesicht ab. „Ich meine, wenn's jemand anderer gewesen wäre, aber so ... Ich meine, der Kerl war ein Gangster, ein scheiß Ausländer, der hier seine dreckigen Geschäfte gemacht hat."

„Was genau er gemacht hat, weiß keiner", erwiderte Kern, der nun doch ins Grübeln kam. Mit Hannes als Mitwisser und quasi Teilhaber würde es kompliziert werden. Und gefährlich. Sollte er dieses Risiko wirklich eingehen? Oder sollte er sich aus der Affäre ziehen, solange noch Zeit war, den Traum vom großen Geld begraben, bevor ihm die Sache über den Kopf wuchs? Zumal er mit

Irene eine neue Perspektive hatte. Etwas, das letzten Endes mehr wert war als Geld.

Hannes beugte sich vor, als habe er Kerns Gedanken erraten.

„Hör mal, das mit dem Geld war nicht so gemeint. Du kannst davon behalten, was du willst. Und wir werden dir auch keine Schwierigkeiten machen, versprochen."

„Das sagst du jetzt ..."

„Mensch Tobi, ich komm doch nie wieder raus aus dem Knast, wenn du jetzt zu den Bullen rennst. Und zuhause geht auch alles den Bach runter. Die Mam überlebt das nicht, so schlecht, wie's ihr jetzt schon geht. Und der Max allein, den machen sie doch fertig. Wenn sich um den keiner kümmert, ist er erledigt."

Kern sagte nichts.

„Bitte, Tobi ..." Hannes schluchzte beinahe. „Ich meine, nur weil mir das verdammte Geld für ein paar Minuten das Hirn vernebelt hat, muss ich doch nicht den Rest meiner Jahre im Knast sitzen. Und dieser Libanese wird davon auch nicht wieder lebendig, oder?"

„Weißt du, was komisch ist?", fragte Kern.

Hannes schüttelte irritiert den Kopf.

„Der eigentliche Grund, warum ich hinter euch her spioniert habe, ist der, dass mich in der Nacht nach unserem Treffen in Kirchweidach zwei Typen überfallen haben. Vermutlich Komplizen von diesem Haddad, die mich jetzt für den Täter halten und ihr Geld zurück haben wollen."

„Echt?"

„Ja, echt, du blödes Arschloch. Du hast mich da total in die Scheiße geritten."

„Und wie bist du denen entkommen?"

„Erzähl ich dir ein andermal", erwiderte Kern, während er nach dem Packen Geld griff und sich vorsichtig in die Höhe schob. „Könnte jedenfalls sein, dass ich das Geld noch bitter nötig habe, sollten die zwei wieder auftauchen und mich zwingen, irgendwohin abzuhauen."

Hannes richtete sich ebenfalls auf. „Heißt das, es bleibt erst mal so, wie es ist?"

„Mal sehen." Kern dachte an diesen arroganten LKA-Beamten, der ihm den Mord so gerne angehängt hätte. Und an diese Kommissarin, die nicht viel besser war. Sollte er diesen Leuten wirklich die Arbeit abnehmen? Er winkte Hannes mit der Pistole in Richtung Waldrand. „Los jetzt. Und mach keine Dummheiten ..."

„Und dann?"

„Gehst du brav nachhause. Ich melde mich in den nächsten Tagen dann."

„Alles klar. Und danke."

22

Ein Tritt in die Eier bewirkt mehr als der ganze scheiß Kung Fu Chinas! Vogel wusste nicht mehr, wo er den Spruch mal gehört hatte, hätte aber sofort zugestimmt. Aber egal, die Schmerzen waren inzwischen erträglich und die Schwellung würde hoffentlich auch bald abklingen. Hauptsache, er bekam keine Hodenentzündung. Er zog Unterhose und Jeans vorsichtig wieder hoch, schloss den Gürtel und blickte erneut in den Spiegel. In seinem Gesicht sah es nicht viel besser aus: die Nase noch verbeulter als sonst und das lädierte Auge von einem satten, violett schillernden Veilchen geziert. Aber zum Glück war auch hier nichts gebrochen, wie es schien. Verrücktes Weib! Aber worüber wollte er sich beklagen? Er hatte doch gewusst, dass sie eine gewalttätige Ader hatte und auch sonst nicht ganz dicht war. Schließlich hatte ihn genau das an ihr gereizt. Dass sie anders war als all die Nutten, die er in seinem Leben so kennengelernt hatte. Nicht so verlogen und geldgierig, sondern auf eine gewisse Weise geradeheraus.

Er zog sich fertig an, trank ein Glas Leitungswasser und legte sich die letzte Portion Kokain, die im Haus war, auf der Ablage über dem Waschbecken zurecht. Er zog sich eine kräftige Linie rein, und fühlte sich schlagartig besser. Zurück im Wohnzimmer, fand er Krampe auf der Couch vor, eine Illustrierte in der Hand und eine Flasche Rotwein in Reichweite auf dem Tisch. Er blickte kurz zum Fenster hinaus, fand die Aussicht so trist wie ihren Unterschlupf, diese marode Ferienwohnung am Rande von

Inzell, die Krampe am Vortag über Bekannte aufgetrieben hatte.

„Wie lange wollen wir eigentlich in dieser versifften Bude hier bleiben?", fragte er. „Ich meine, wenn die Bullen etwas über uns herausgefunden hätten, wären sie doch längst bei Freddie im Salon aufgekreuzt."

„Vielleicht verschweigt dir der liebe Freddie das? Um sich lieb Kind bei den Bullen zu machen."

„Glaube ich nicht ..." Vogel ging zum Fernseher und nahm ein paar der DVDs, die darunter in einem Fach lagen, zur Hand. Nur Horrorfilme, die an sich nicht sein Ding waren, aber eines der Cover machte ihn doch neugierig: eine nackte, blutüberströmte Frau, aufrecht gehalten durch einen Holzpfahl, dessen Spitze aus ihrem Mund ragte. „Holocausto Canibal", von einem gewissen Ruggero Deodato. Er hielt Krampe das Cover hin und sagte: „Ich glaub, das wäre was nach deinem Geschmack."

„So, meinst du?"

„Klar. Du hast mir doch mal von einem Kunden erzählt, der gepfählt werden wollte. Jedenfalls bis zu einem gewissen Grad ..."

Krampe legte die Zeitschrift beiseite und nahm ihre Lesebrille ab. „Mir wär's lieber, du würdest bis zu einem gewissen Grad auch mal nachdenken."

„Was habe ich denn jetzt schon wieder falsch gemacht?" Vogel legte die DVD zurück und ließ sich Krampe gegenüber in den einzigen Sessel fallen.

„Du denkst doch auch, dass die Bullen genau wie wir diesen Kern für den Täter halten, es aber nicht beweisen können."

„Logisch. Wenn sie nicht ganz blöd sind ..."

Krampe steckte sich eine Zigarette an und fixierte Vogel dabei wie einen zurückgeblieben Schüler. „Dann überleg mal: Wenn er wirklich unter Verdacht steht, darf er das Land nicht verlassen. Nicht mal den Landkreis. Vielleicht nicht mal seine Gemeinde."

Vogel nickte beflissen. „Das heißt, er müsste noch zu finden sein, oder wie?"

„Genau."

„Schön, aber was hilft uns das weiter? Der kann doch überall sein. Bei Freunden, Verwandten, in einer Höhle im Wald, was weiß ich."

„Sicher. Aber jeder hinterlässt Spuren. Oder macht einen Fehler. Am besten, wir fangen mit seinem Haus an, gleich morgen Vormittag. Vielleicht finden wir dort etwas. Wenn nicht, fragen wir als Nächstes die Nachbarn."

„Und wenn das Haus observiert wird?"

„Warum sollten die Bullen ein leerstehendes Haus observieren?"

Krampe stand auf. „So, und jetzt setz deine Sonnenbrille auf und schau nicht so griesgrämig. Wir machen einen kleinen Spaziergang. Vielleicht lernen wir jemanden kennen, mit dem wir ein bisschen Spaß haben können."

„In dem Kaff? In meinem Zustand?"

„Du kannst ja zuschauen ..."

23

Oben angekommen, atmete Kern erleichtert auf und trat, dicht gefolgt von Irene, auf die schmale Terrasse hinaus, die entlang des Gebäudes zum Gastgarten führte. Das Gedränge irritierte ihn, aber es gab kein Entkommen. Er fragte sich nur, was um Himmels willen an diesem Ort so besonders war und Touristen aus aller Welt anzog. Er hatte allein im Lift an die sieben, acht verschiedene Nationalitäten gezählt, darunter auffallend viele Asiaten. Nur weil der „Größte Feldherr aller Zeiten" hier mal Tee getrunken hatte! Er setzte seine Sonnenbrille auf und blickte sich um, konnte aber keinen freien Platz entdecken. Sie gingen auf die andere Seite hinüber, wo sich ein Blick ins Berchtesgadener Tal mit dem Königssee bot, der aber im Dunst verborgen lag.

„Und, was sagst du?", fragte Irene. „Doch ein toller Ausblick, oder?"

„Stimmt."

„Gehen wir doch erst mal zum Gipfel hinauf", sagte Irene. „Vielleicht finden wir später einen freien Tisch."

„Gute Idee."

Sie drückten sich durch die Menge und stiegen gemächlich den Weg zum Gipfelkreuz hoch, vorbei an Dutzenden weiterer Touristen, von denen jeder zweite mit Fotografieren beschäftigt war.

„Schon der Wahnsinn", sagte Irene bei einem Zwischenstopp, wobei auch sie ihr Smartphone aus der Tasche holte und nach Motiven suchte. „Dabei ist der Hitler nur fünf Mal hier oben gewesen, wie ich gelesen habe."

Kern nickte nur. Was Hitler und Konsorten hier im

Kehlsteinhaus getrieben hatten, interessierte ihn nicht im Geringsten. Aber er ließ sich nichts anmerken. Es war Irenes Idee gewesen, zur Ablenkung diesen Ausflug zu unternehmen, und er war froh, sie an seiner Seite zu haben. Er wünschte sich nur, er könnte sich mit ihr beraten, könnte mit ihr zusammen nach einem Ausweg suchen. Am Kreuz angekommen, setzte er sich auf eine Bank, während Irene ein wenig umherspazierte und weitere Fotos machte. Er lächelte kurz in sich hinein. Auch so eine Sache, mit der er nichts anfangen konnte. Diesem Wahn, alles und jeden zu fotografieren. Er nahm die Flasche Wasser, die er auf Irenes Wunsch in seiner Umhängetasche mitgenommen hatte, und trank einen Schluck.

Der Anblick der Beretta erinnerte ihn daran, dass der heutige Tag nichts weiter als eine Verschnaufpause war. Schön, das Geld war vorerst sicher verstaut, vergraben am Rande einer Waldlichtung nicht weit von seinem Haus. Aber er selbst? Er konnte sich nicht ewig bei Irene verstecken. Die zwei Figuren, die ihn überfallen hatten, würden garantiert nicht lockerlassen. Die bräuchten nur ein wenig herumfragen, und schon würden sie Bescheid wissen. Und ihm erneut die Hölle heiß machen. Nicht zu vergessen Hannes. Der würde auch nicht mehr lange stillhalten, so wie er den Mann kannte, Versprechen hin oder her. Die Frage war nur, ob er ihm wirklich etwas von dem Geld abgeben sollte. Schließlich würde er jeden Cent brauchen, falls er auf Dauer untertauchen müsste, irgendwo im Ausland.

Er kratzte sich nachdenklich am Kinn und blickte zu Irene, die gerade einer Gruppe Japaner den Gefallen tat, sie vor dem Gipfelkreuz zu fotografieren. Warum nur war er in dieser Nacht zu ihr geflüchtet, statt die Polizei zu alarmieren? Weil er nach etwas Wärme und Zuwendung gesucht hatte, alt, müde und einsam, wie er sich gefühlt hatte? Und wer hätte gedacht, dass sich daraus mehr ergeben würde, alte Gefühle wieder lebendig würden. Was die Situation nicht gerade vereinfachte.

„Jetzt hör auf zu grübeln", unterbrach Irene sein Sinnieren. „Gehen wir lieber etwas essen."

Sie fanden einen freien Tisch am Rande der Brüstung, setzen sich und bestellten. Kern wählte ein Schnitzel Wiener Art ohne Salat, Irene Semmelknödel mit Pilzrahmsauce. Dazu jeder ein alkoholfreies Bier.

„Jetzt erzähl doch mal", sagte Irene. „Ich meine, ein bisschen was Privates. Die Probleme können mal warten."

„Was willst du denn wissen?"

„Hast du noch Kontakt zu deiner Exfrau, wie hieß sie gleich: Margot?"

Kern schüttelte den Kopf. „Das Letzte, was ich von ihr gehört habe, war ein Brief von ihrem Anwalt, nachdem ich die Firma aufgelöst hatte. Aber da es dabei nichts mehr zu holen gab, hat sich die Sache danach endgültig erledigt."

„War wohl ziemlich schlimm für dich, die Firma zu verlieren."

„Klar, aber es war die einzig vernünftige Lösung. Ich meine, mein Onkel war ein ausgesprochen netter Kerl, und damit genau das Gegenteil von meinem Vater, aber leider kein besonders guter Geschäftsmann. Und ich war's auch nicht."

„Und wieso bist du danach ausgerechnet nach Südafrika ausgewandert?"

„Eigentlich durch einen reinen Zufall. Einer meiner Kunden hatte Verwandte dort, die ein paar Restaurants und ein Hotel betrieben haben. Da habe ich dann als Hausmeister angefangen. Danach hab ich alles Mögliche gemacht: Touristen auf Safaris begleitet, auf einer Farm gearbeitet, jede Art von Trucks gefahren ..."

„Und privat? Du hast doch sicher in all den Jahren auch Freundinnen gehabt, oder?"

„Ein paar, ja ..." Kern lächelte vage. „Die längste Beziehung, die ich hatte, war zu einer Sekretärin in Kapstadt. Eigentlich eine studierte Kunsthistorikerin, die in ihrer Branche aber keinen Job gefunden hatte."

„Und wer hat Schluss gemacht?"

„Sie hat eines Tages gekündigt und ist weggezogen."

24

„Auf Dauer ausgezogen ist er jedenfalls nicht", sagte Vogel und zog damit das Resümee ihrer gut einstündigen Durchsuchungsaktion, bei der sie Schränke geöffnet, Schubladen durchwühlt und diverse Unterlagen durchgesehen hatten. Er schubste den Aktenordner mit den Rechnungen beiseite, stand auf und blickte zu Krampe, die mit nichtssagendem Gesichtsausdruck in der Tür zur Küche stand und eine Zigarette rauchte. „Und jetzt?"

„Schlag was vor."

„Na ja, wir könnten uns hier einquartieren und warten, bis er aufkreuzt, um was zu holen. Oder jemanden schickt."

„Tolle Idee."

„Okay, dann machen wir eben, was wir schon besprochen haben: Wir nehmen uns als Erstes die Nachbarn vor. Geben uns als Reporter aus und lassen unseren Charme spielen." Er fuhr sich mit der Hand übers Gesicht. „Nur mit der Fresse da ..."

„Das heißt, du willst dich fein zurückhalten, während ich mein Gesicht zur Schau trage?"

„Überhaupt nicht. Aber kann ich was dafür, dass ich aussehe, als wäre ich gegen einen Laster gerannt?"

Krampe sagte nichts.

„Abgesehen davon weißt du genau, dass die Leute einer Frau gegenüber viel gesprächiger sind." Vogel grinste zaghaft. „Du musst nur dein Temperament etwas zügeln, wenn du nicht gleich 'ne Antwort kriegst."

Bevor Krampe etwas sagen konnte, hörten sie, wie sich ein Wagen dem Haus näherte.

„Vielleicht ist er das", rief Vogel, zog seine Pistole aus der Jackentasche und lief, gefolgt von Krampe, in den Flur hinaus. Sie stellten sich an das kleine, mit einer vergilbten, engmaschigen Gardine verhängte Fenster neben der Haustür und spähten hinaus. Der Wagen, ein roter Opel älteren Bautyps und besetzt mit zwei Männern, hielt direkt vor dem Haus. Während der Beifahrer sitzenblieb, stieg der Fahrer aus, verharrte aber auf seiner Seite des Fahrzeugs. Beide waren etwa Mitte fünfzig und ländlich gekleidet, soweit Vogel dies erkennen konnte.

„Hey Tobi. Wenn du zuhause bist, zeig dich", rief der Fahrer. „Wir bleiben auch schön auf Abstand."

„Abstand!", flüsterte Vogel. „Hat der gute Tobi vielleicht 'ne ansteckende Krankheit?"

„Halt die Klappe und pass auf", zischte Krampe.

„Wir haben jetzt lange genug gewartet", rief der Fahrer weiter, während er um die Motorhaube herumging und sich dabei die Hände rieb. „Du hast gesagt, nur ein paar Tage, schon vergessen?"

Vogel und Krampe wechselten einen Blick.

„Was soll das denn?", murmelte Vogel.

Nun stieg auch der Beifahrer aus. Ein massiger, leicht verschlampt aussehender Mann mit rundem Gesicht. Er trat an die Haustür heran und linste durch das Fenster. Vogel und Krampe zogen sich rasch zurück, unsicher, ob sie entdeckt waren oder nicht. Ein paar kräftige Faustschläge ließen die Tür erzittern.

„Wenn der reinkommt, haben wir ein Problem", flüsterte Vogel.

Doch es blieb bei den Schlägen.

„Wenn du da bist, dann pass gut auf, du linker Hund",

war der Fahrer wieder zu vernehmen. „Du weißt genau, dass du jetzt nicht mehr zu den Bullen rennen kannst. Und wenn doch, dann schieben wir alle Schuld auf dich. Dann bist du genauso dran. Also lass was von dir hören, damit wir die Sache endlich regeln können. Sonst bestimmen wir und nicht du, wie die Kohle aufgeteilt wird, hast du kapiert?"

Der Fahrer gab seinem Begleiter ein Zeichen, und die beiden stiegen wieder in den Wagen. Warfen lautstark die Türen zu.

Vogel brauchte ein paar Sekunden, um den Sinn der letzten Worte zu erfassen. „Die Kohle aufteilen", wiederholte er ungläubig. „Der meint doch nicht etwa ...?"

„Scheiße! Los, komm." Krampe stieß Vogel beiseite und sperrte hastig die Haustür auf. Doch da hatte der Fahrer schon zurückgesetzt und gewendet, und der Opel rauschte an der Hausecke vorbei die Zufahrt hinab. Krampe lief zur Ecke vor, Vogel hinterher. Sie sahen gerade noch, wie der Wagen hinter der Scheune verschwand.

„Ich glaub's einfach nicht", sagte Vogel. „Verstehst du das?"

„Nein, aber ... So ein verdammter Scheiß." Krampe warf Vogel einen wütenden Blick zu. „Kannst du nicht mal selber mitdenken und was tun, statt mir im Weg zu stehen."

„Wer denkt denn an so was ... " Vogel steckte die Pistole wieder ein. „Also hat der gute Tobi mit den beiden gemeinsame Sache gemacht, oder wie sehe ich das?"

Krampe nickte.

„Immerhin haben wir ihr Kennzeichen", sagte Vogel.

25

„Denkt, was ihr wollt, aber ich glaub immer noch, dass er das selber inszeniert hat", sagte Müller. „Auf die Weise kann er demnächst verschwinden, ohne dass wir ihn aufhalten könnten, weil er sich ja in Gefahr befindet. Und wir stehen da wie die letzten Deppen."

„Dann müsste er schon ein Weltmeister im Täuschen und Tricksen sein", erwiderte Gerber. „Von dem Projektil, das wir aus der Wand neben der Haustür gekratzt haben, ganz zu schweigen."

„Das beweist gar nichts. Den Schuss kann er genauso selbst abgefeuert haben! Außerdem, was wissen wir schon über den Kerl? Und du hast selbst gesagt, dass er nach dem Mord erstaunlich ruhig gewirkt hat."

„Schon ..." Gerber nahm einen Schluck Kaffee und griff nach dem Hörnchen, das sie zur Frühbesprechung mitgebracht hatte.

„Was ist eigentlich mit diesem Achim Vogel?", fragte Buchebner.

„Der ist noch immer von der Bildfläche verschwunden, hat mich gestern der Kollege Meinhardt wissen lassen", sagte Gerber.

„Und die lassen ihm das einfach so durchgehen?"

„Was sollen sie machen? Für die Tatzeit hat er ein wasserdichtes Alibi. Und der Rest reicht nicht aus, um einen Haftbefehl auszustellen, sagt der Kollege. Aber sie haben zumindest eine verdeckte Fahndung nach ihm eingeleitet."

„Toll."

Gerber nickte nur.

„Und die anderen Kontakte, die Haddad in München so hatte?", fragte Müller. „So ein junger, attraktiver Kerl, der muss doch jede Menge Freunde und Bekannte gehabt haben! Von seiner Verwandtschaft ganz zu schweigen."

„Haben alle ein Alibi oder behaupten, so wie sein Cousin in Landsberg, von nichts zu wissen. Und deswegen müssen wir uns langsam was Neues einfallen lassen."

„An was denkst du dabei?", fragte Herzog.

„Fassen wir doch mal zusammen", sagte Gerber und lehnte sich zurück, so dass sie alle fünf Kollegen im Blick hatte. „Dass Haddad von München aus verfolgt wurde, können wir langsam aber sicher abhaken. Und lassen wir auch mal beiseite, dass der Täter vielleicht kein Einheimischer war, sondern irgendwo in Niederbayern oder sonst wo wohnt und nur auf der Durchfahrt war. Folglich kommt nur jemand aus dem Raum nördlich von Kirchweidach als Täter in Frage ..."

„Ich glaube, soweit waren wir schon mal", sagte Herzog.

„Genau", sagte Müller. „Also was daran soll neu sein?"

Gerber stand auf und deutete auf die Landkarte an der Wand hinter ihr, ein großformatiger Ausschnitt der Region zwischen Trostberg und Tittmoning, auf der ziemlich genau in der Mitte ein roter Kreis den Tatort anzeige. „Schaut euch die Gegend rings um das Haus von diesem Kern und weiter nördlich doch mal an. Da gibt es jede Menge Ortschaften, die nur aus zwei, drei Häusern bestehen. Wo man also alles mitbekommt, was der Nachbar so treibt. Zum Beispiel, wann er nachts nachhause kommt."

„Hat bisher aber niemanden interessiert, so wie's aussieht", sagte Annette Löblein, neben Gerber die einzige Frau im Team. „Trotz der dreitausend Euro Belohnung für Hinweise."

„Außerdem, wer verpfeift schon seine Nachbarn?", sagte Müller. „Die sind doch alle irgendwie aufeinander angewiesen. Oder verwandt oder verschwägert. Und wenn's rauskommt, ist der Teufel los."

„Das stimmt natürlich", sagte Gerber. „Trotzdem sind nicht alle gut Freund mit ihren Nachbarn."

„Da hast du Recht", sagte Herzog. „Gerade wenn man so dicht aufeinander hockt, ist der Streit nicht weit."

„Eben." Gerber setzte sich wieder und blickte prüfend in die Runde. „Und deswegen werden wir die Belohnung für Hinweise erhöhen, und zwar kräftig. Ich meine, bei dreitausend überlegt man vielleicht noch, ob es die Sache wert ist, jemanden deswegen anzuschwärzen. Jemanden, den man vielleicht schon lange kennt und der einem nicht mal unsympathisch ist. Aber bei zwanzigtausend fallen solche Schranken vielleicht."

„Zwanzigtausend!", wiederholte Buchebner verblüfft. „Und du meinst, du kriegst das durch?"

„Ich hab schon angefragt. Bis Mittag kriege ich Bescheid."

„Dann weiß aber auch der Letzte, dass wir mit dem Rücken zur Wand stehen", sagte Herzog.

Gerber nickte nur. Plötzlich überzeugt davon, dass der Fall kein gutes Ende nehmen würde.

26

Vogel warf die leere Wasserflasche achtlos ins Gebüsch und postierte sich wieder neben Krampe, die im Schatten einer Fichte auf einem Baumstumpf saß und eine Zigarette rauchte. Er nahm das Fernglas, das vor ihrer Brust baumelte, an sich und überprüfte erneut den Hof in der Senke unter ihnen. Aber nichts. Keine Bewegung weit und breit. Er wurde langsam ungeduldig. Wie lange behielten sie das Anwesen jetzt schon im Auge? Zwei Stunden mindestens. Hatten diese scheiß Bauern denn keine Arbeit zu erledigen? Er sagte: „Ich frag mich langsam, wieso wir nicht einfach hinfahren, die ganze Bagage an die Wand stellen und weichklopfen. Was kann uns denn schon groß passieren? Dass diese Typen irgendwie mit drin hängen, ist doch sonnenklar."

„Könnte mir gefallen", sagte Krampe, während sie ihre Kippe auf einer Wurzel ausdrückte.

„Eben."

„Und was machen wir, wenn noch andere Leute auf dem Hof sind? Vielleicht sogar Kinder?"

„Bis jetzt haben wir keine gesehen, oder? Außerdem, seit wann bist du denn so feinfühlig?"

„Weil das hier vielleicht unsere letzte Chance ist. Und die will ich nicht verbocken, auch wenn's dauert. Wenn dir langweilig ist, geh ins Gebüsch und hol dir einen runter."

Vogel sagte nichts. Zumal Krampe mal wieder recht hatte. Sie mussten sich möglichst bedeckt halten, schon allein wegen Krampes Kontaktmann bei der Polizei, der ihnen den Namen und die Adresse des Opelfahrers geliefert hatte. Und der, sollte es zu Blutvergießen kommen, ein weiteres Problem darstellen würde. Er gab Krampe das Fernglas zurück und holte eine weitere Flasche mit Wasser aus seinem Rucksack. Er wollte eben einen Schluck davon nehmen, als Krampe sagte: „Na endlich."

Vogel setzte die Flasche ab und erblickte einen Mann, der soeben in den Opel einstieg und gleich darauf mit aufheulendem Motor vom Hof fuhr.

„War er das?", fragte er. „Johannes Reiter?"

„Ja. Eindeutig."

„Tja, aber jetzt ist er weg. Und wer weiß, wann er wiederkommt ..."

Krampe erhob sich abrupt, und für einen Augenblick befürchtete Vogel, sie würde wieder auf ihn einschlagen, so finster und angespannt, wie sie dreinblickte.

„Tut mir leid", sagte er schnell. „War nur eine Feststellung ... „Aber sieh mal." Er deutete auf die dickliche Gestalt, die gerade auf der Rückseite des Stallgebäudes ins Freie getreten war. Krampe setzte das Fernglas wieder an.

„Der Beifahrer, oder?", fragte Vogel.

„Genau."

„Und?"

„Er hat da irgendwas in der Hand. Sieht aus wie ein Comicheft. Oder ein Porno."

„Vielleicht geht der zum Wichsen in den Wald ...", sagte Vogel mit einem Grinsen.

Sie sahen zu, wie der Mann den Feldweg entlang trottete, der zum Wald führte und schließlich zwischen den Bäumen verschwand.

„Jetzt mach dich auf was gefasst, Freundchen", sagte

Vogel. Er warf sich schnell den Rucksack über die Schulter, kickte die Flasche mit dem Wasser den Hang hinab und folgte Krampe, die bereits zum Waldstück auf der anderen Seite unterwegs war. Mit Krampe voran schlugen sie einen kleinen Bogen und erreichten kurz darauf einen Waldweg, der linker Hand nur in Richtung Reiter-Hof führen konnte. Sie folgten dem Weg, und erblickten kurz darauf eine kleine, am Wegrand errichtete Kapelle, neben der ihre Zielperson auf einer Bank hockte.

„Schöner Tag heute, was?", sagte Vogel leutselig, als sie den Mann erreicht hatten.

Der andere blickte kaum auf, grunzte etwas und vertiefte sich wieder in seine Lektüre, einen Batman-Comic.

„Wunderschöner Platz hier", sagte Vogel weiter. „Kommen Sie öfter hierher?"

Keine Antwort.

„Tja, was wollte ich noch fragen: Ach ja, waren Sie und Ihr Bruder in letzter Zeit mal wieder bei diesem Tobias Kern?"

„Hä?" Der Dicke blickte Vogel mit großen Augen erschrocken an, das Comicheft entglitt seinen Händen.

„Beim lieben Tobi", sagte Vogel, „wegen der Kohle?"

Wieder keine Antwort. Nur der Blick des Dicken irrte zu Krampe, als erhoffte er sich von der Frau Hilfe.

„Na gut, ganz wie du willst", sagte Vogel, zog seine Pistole aus der Jackentasche und wedelte damit in Richtung Rückseite der Kapelle.

„Los, steh auf und setz dich in Bewegung. Wir machen einen kleinen Spaziergang."

Der Mann blieb sitzen.

„Der Typ macht mich noch wahnsinnig", sagte Vogel

zu Krampe.

„Dann benimm dich auch so ..."

„Hä ... Ach so." Vogel trat blitzschnell vor und schlug dem Dicken den Lauf der Pistole quer übers Gesicht.

„Beim nächsten Mal schlage ich dir ein Auge aus", sagte er.

Der Man stützte sich mit beiden Händen auf der Bank ab und schob seinen massigen Körper langsam in die Höhe. Aus seiner Nase lief ein dünner Blutfaden. Er blieb leicht wankend stehen und fixierte erst Vogel, dann Krampe. Vogel wich einen weiteren Schritt zurück, unschlüssig, wie er im Fall einer Attacke reagieren sollte. Doch da drehte sich der andere schon um und schlurfte mit hängenden Schultern an der Kapelle vorbei tiefer in den Wald hinein.

„Immer schön weiter", sagte Vogel und dirigierte den Mann bis zu einer Stelle, an der weder die Kapelle noch der Weg zu sehen waren. „So, und jetzt drück deinen fetten Bauch da an den Baumstamm und streck die Hände auf die andere Seite rüber."

Der Mann gehorchte wortlos. Vogel drückte ihm die Mündung der Pistole in die Seite, und rümpfte die Nase: „Mann oh Mann, stinkst du immer so?" Er blickte grinsend zu Krampe, die unbeeindruckt die Hände des Mannes mit dessen Gürtel fesselte. Zuletzt zog sie ihm Hose und Unterhose bis auf die Knie herunter und wickelte ein Taschentuch um ihre linke Hand.

„Jetzt hör gut zu", sagte Vogel „Du wirst uns jetzt sagen, was da zwischen euch beiden und diesem Kern läuft, verstanden? Wenn nicht, werden als Erstes deine Eier dran glauben müssen. Im zweiten Durchgang wird dir diese Dame hier einen Stock in den Arsch schieben, wenn's sein muss, bis zum Hals hoch."

Der Mann grunzte erneut, sagte aber nichts. Nur seine Augen flackerten wie verrückt.

„Also?", fragte Vogel und bohrte dabei seinen linken Zeigefinger ins Ohr des anderen.

Ein Aufschrei, gefolgt von: „Du Mistsau."

„Er kann ja doch reden", sagte Krampe, während sie dem Mann grob zwischen die Beine griff und nach seinen Hodensack fischte.

„Letzte Chance", sagte Vogel.

Der Mann blieb stumm.

Krampe drückte zu.

Wieder ein Aufschrei, der in ein Wimmern überging.

Vogel brachte seinen Mund ganz nah an das malträtierte Ohr und sagte: „Ich weiß ja echt nicht, wie gern du vögelst, aber ich fürchte, beim nächsten Mal macht sie Mus aus deinen Eiern."

„Ich weiß doch nichts", sagte der Mann mit erstickter Stimme.

„Von was weißt du nichts?"

„Vom Tobi ..."

„Du kennst ihn also?"

„Ja. Von der Schule her ..."

„Und wegen was seid ihr gestern bei ihm gewesen, du und dein Bruder?"

„Nur so halt."

„Erzähl keinen Scheiß. Wir haben euch gesehen dabei. Und jedes Wort gehört. Auch über die Kohle, die aufgeteilt werden soll. Was ist damit?"

„Weiß nicht ..."

„Ganz sicher?"

„Ja ..."

„Okay, ganz wie du willst."

Krampe brachte ihre Hand wieder in Position und drückte erneut zu. Der Mann knickte ein, ohne einen weiteren Laut von sich zu geben. Rutschte nur den Stamm entlang zu Boden und blieb auf den Knien liegen, den Kopf schlaff zur Seite gedreht. Vogel stieß einen Fluch aus und hielt zwei Finger an seine Halsschlagader. „Er lebt noch ..."

Krampe steckte das Taschentuch mit angewidertem Gesichtsausdruck in ihre Jackentasche und betrachtete den ohnmächtig Gewordenen.

„So ein Riesenkerl und so ein Weichei", sagte Vogel. „Was machen wir jetzt?"

„Schütt ihm etwas Wasser über den Kopf."

„Geht nicht", erwiderte Vogel verlegen. „Hab die Flasche vorhin weggeworfen ... Aber vielleicht hilft das." Er steckte die Pistole weg und zog ein Klappmesser aus seiner Jackentasche. Er öffnete es und ritzte dem Mann damit die rechte Backe auf.

Keine Reaktion.

„Scheiße. Ich glaube, den können wir abschreiben ..."

Krampe nickte unwillig. Vogel befreite den Mann von dem Gürtel und versetzte ihm einen Fußtritt. „Wir kommen wieder", sagte er, während er den Gürtel in seinem Rucksack verstaute.

27

Kern stellte seinen Wagen in einer Seitengasse ab, nahm die Beretta aus seiner Umhängetasche und steckte sie in seine rechte Jackentasche. Nach einem letzten Blick in die Runde stieg er aus und ging vor zum Stadtplatz. Auch hier sondierte er kurz die Lage, bevor er entlang der geparkten Autos auf die Gastwirtschaft zuging, wo er sich mit Hannes verabredet hatte. Auf halbem Weg bemerkte er, dass sich jemand von hinten mit raschen Schritten näherte. Er fuhr herum, und sah sich einem etwa gleichaltrigen Mann mit Spitzbart gegenüber, der ihn mit einer Mischung aus Erstaunen und Freude musterte.

„Du bist doch der Tobias Kern, oder?", fragte der Mann.

Kern nickte nur.

Der Spitzbart streckte ihm die Hand hin. „Ich bin der Alfons. Wir sind auf der Realschule mal nebeneinander gesessen."

Nun erkannte auch Kern den Mann. Der „Fonse". Ein netter Kerl, soweit er sich erinnern konnte. Und immer einer der Besten. Schlau und doch kein Stubenhocker. „Ja klar. Wie geht's denn so?" Sie schüttelten sich die Hände.

„Bestens, würde ich sagen. Hast du Zeit für einen Kaffee?"

Kern schüttelte den Kopf. „Im Augenblick eher nicht. Ich hab gleich einen Termin …"

„Dann melde dich doch bei Gelegenheit." Alfons holte seine Brieftasche hervor, entnahm ihr eine Visitenkarte und reichte sie Kern. „Ich bin noch bis Ende nächster Woche hier."

„Und dann?"

„Bin ich wieder in Griechenland. Hab mir da ein Haus gebaut, ganz im Süden am Meer."

„Okay, mach ich."

Kern wartete, bis Alfons außer Sichtweite war, bevor er den nur mäßig besetzten Gastgarten betrat, wo Hannes bereits an einem der Tische saß, ein fast leeres Glas Bier vor sich und eine Zigarette in der Hand. Bei Kerns Anblick erhob er sich kurz, sackte aber gleich wieder auf seinen Stuhl. Kern blieb wachsam. Die Story, die Hannes ihm am Telefon erzählt hatte, klang einfach zu abenteuerlich. Aber leider in einigen Punkten auch verdammt schlüssig.

„Hab schon gedacht, du kommst vielleicht nicht", sagte Hannes.

Kern rückte sich einen Stuhl zurecht und setzte sich Hannes schräg gegenüber. „Bist du allein?"

„Ja, doch … "

„Sie wünschen bitte?" Die Bedienung.

„Ein alkoholfreies Weißbier bitte", sagte Kern zu der Frau.

„Kommt sofort."

„Also, was genau ist passiert?", fragte Kern.

„Genau das, was ich dir schon am Telefon gesagt hab", erwiderte Hannes mit halblauter Stimme. „Diese Typen, von denen du gesprochen hast, haben sich gestern Nachmittag den Max geschnappt und gefoltert, diese Schweine. Vielleicht hätten sie ihn sogar umgebracht, wenn er nicht ohnmächtig geworden wäre."

Kern beugte sich über den Tisch und flüsterte: „Sag mal, für wie blöd hältst du mich eigentlich? Oder anders gefragt: Wie zum Teufel sollen die zwei denn herausgefunden haben, dass sie bei euch beiden an der richtigen Adresse sind?"

Hannes zuckte hilflos mit den Schultern. „Ich hab keine Ahnung, ehrlich. Vielleicht sind sie nach dem Überfall auf dich wiedergekommen und haben dich beobachtet, wie du bei uns herumgeschnüffelt hast."

„Schwachsinn. Ich war an dem Tag mit dem Fahrrad unterwegs, und dabei hat mich garantiert niemand beobachtet. Und falls doch, warum hätten sie mich dann laufen lassen, um zwei Tage später bei euch aufzukreuzen! Nicht gerade logisch."

Hannes sagte nichts. Er steckte sich nur eine neue Zigarette an und starrte Kern mit trotzigem Gesichtsausdruck an.

„Aber du sagst, der Max hat nicht ausgepackt?", fragte Kern.

„Er war verdammt nahe dran, glaube ich. Aber wie gesagt, zum Glück ist er mittendrin weggetreten und die zwei haben aufgegeben."

„Bist du da absolut sicher?"

„Ja. Er würde mich nie anlügen. Aber er ist völlig durch den Wind. So eine Hodenquetschung ist nicht gerade lustig. Vor allem tut sie sauweh ..."

„Das Bier, der Herr." Die Bedienung stellte das Glas auf den Tisch, nickte Kern freundlich zu und drehte ab Kern lehnte sich zurück und betrachtete das Treiben auf dem Stadtplatz. Er hatte Hannes bei ihrem Zusammenstoß nichts davon erzählt, dass einer seiner Verfolger möglicherweise eine Frau gewesen war. Und wenn Max nun von einem Pärchen in die Zange genommen worden war, bedeutete dies nichts anderes, als dass Hannes höchstwahrscheinlich die Wahrheit sagte.

„Also sind diese Typen jetzt so schlau wie vorher ...", sagte er nach einer Weile.

Hannes nickte. „Das schon, aber die kommen garantiert wieder, da gehe ich jede Wette ein."

„Und was willst du jetzt von mir?"

„Deine Hilfe, was sonst. Ich meine, wir müssen jetzt zusammenhalten. Ich kann mich nicht irgendwo verstecken so wie du. Aber zu dritt schaffen wir es vielleicht."

„Was schaffen?"

„Dass wir ihnen eine Falle stellen, was sonst."

„Eine Falle?"

„Ja. Oder weißt du was Besseres?"

„Und dann?"

„Das sehen wir dann schon. Wichtig ist nur, dass wir erst mal was unternehmen."

„Und mit was? Hast du überhaupt eine Waffe?"

„Klar. Ne Pumpgun. Erst gestern besorgt."

„Von einem langhaarigen Kerl namens Gerry, nehme ich an?"

Hannes grinste. „So wie du, oder?"

Kern nickte nur. Eine vertrackte Situation, keine Frage. „Wir wissen ja nicht mal, ob es nur die zwei sind", sagte er schließlich. „Vielleicht steckt eine ganze Organisation dahinter. Die dann weitere Leute schickt."

„Du willst also nichts unternehmen?"

„Das habe ich nicht gesagt."

„Weißt du was: Am besten wär's, du quartierst dich bei uns auf dem Hof ein", sagte Hannes „Dann wären wir schon mal in der Übermacht. Und hätten quasi den

Heimvorteil."

Kern lächelte böse. "Na kla, damit ihr mich ungestört in die Mangel nehmen könnt und so doch wieder an das Geld rankommt."

"Nein, nein, daran hab ich nicht mal gedacht ..." Hannes beugte sich über den Tisch und tätschelte Kerns Unterarm. "Ich meine, wir müssen jetzt nicht unbedingt beste Freunde werden, und wenn du eine bessere Idee hast, nur raus damit, aber irgendwas müssen wir unternehmen. Und zwar schnell."

Kern nahm einen Schluck von seinem Weißbier und deutete auf einen älteren Mann, der allein an einem Tisch saß und die *Südostbayerische Rundschau* studierte "Heute schon die Zeitung gelesen?"

"Nein. Wieso?"

"Sie haben die Belohnung für Hinweise von dreitausend auf zwanzigtausend Euro erhöht."

"Na und?"

"Ich weiß nicht. Ihr wart an diesem Abend doch in diesem Puff. Und dieser Gerry weiß garantiert, wo ihr herkommt."

"Der Kerl ist ein verdammter Zuhälter und Dealer. Der wird schön die Klappe halten."

"Da wäre ich mir nicht so sicher ... Wo ist der Max jetzt?"

"Aufm Hof. Ich hab ihm gesagt, er soll im Haus zu bleiben, wenn ich nicht da bin. Also was ist?"

Kern nahm noch einen Schluck Bier und stand auf. "Ich überleg mir was, okay? Das Bier geht auf deine Rechnung."

28

„Bin echt gespannt, ob der Kerl überhaupt kommt", sagte Herzog, nachdem Gerber eingeparkt und den Motor abgestellt hatte. „So wie der am Telefon rumgedruckst hat ..."

Gerber blickte auf ihre Armbanduhr. Sechs Minuten bis vierzehn Uhr. Sie war noch immer enttäuscht, dass sich bislang nur eine Person aufgrund der erhöhten Belohnung gemeldet hatte. Zumal dies ihre vermutlich letzte Chance war, um endlich vorwärts zu kommen. Ein ungeklärter Mordfall, noch dazu ein derart spektakulärer, würde ihrer Karriere nicht gerade förderlich sein. Von ihrem Ego ganz zu schweigen.

„Ist er das vielleicht?", fragte Herzog und deutete auf einen Mann mittleren Alters, der sich vom Postsaal her dem Parkplatz näherte. Doch der Mann passierte ihren Wagen, ohne ihnen Aufmerksamkeit zu schenken.

„Wie lange geben wir ihm eigentlich, wenn er nicht pünktlich ist?", fragte Herzog eine Minute später.

„Meinetwegen den ganzen Nachmittag."

„Übrigens, ich hab gestern in der Stadt deinen Mann getroffen."

„Ach ja, davon hat er mir gar nichts erzählt ..."

„Na ja, war auch nicht so wichtig. Aber apropos erzählen: Mir ist aufgefallen, dass du in letzter Zeit kaum mehr von ihm sprichst. Hat das einen bestimmten Grund?"

Gerber zögerte kurz, gab sich dann aber einen Ruck. „Ich glaube, ich werde mich von ihm trennen. Aber das bleibt vorläufig unter uns, klar?"

„Klar." Herzog öffnete das Handschuhfach und kramte

darin. „Und warum willst du dich von ihm trennen, wenn ich fragen darf?"

„Ist eine längere Geschichte. Was suchst du denn?"

„Ich hab gesehen, wie der Buchebner vor ein paar Tagen eine Tüte mit Vitaminbonbons reingesteckt hat."

„Du hast aber keinen Vitaminmangel, oder?"

„Nein. Aber seit gestern so ein komisches Kratzen im Hals. Und ..."

„Warte mal", unterbrach ihn Gerber, den Blick auf den grauhaarigen, etwa sechzigjährigen Mann gerichtet, der soeben zwischen den geparkten Autos aufgetaucht war. Der Grauhaarige, bekleidet mit Jeans und einem karierten Hemd, kam zögerlich heran und verharrte kurz, bevor er bei Herzog ans Seitenfenster klopfte. Herzog stieg aus und öffnete die hintere Wagentür. „Steigen Sie ein, wenn Sie der sind, auf den wir warten ..."

Der Grauhaarige rutschte auf den Rücksitz und blickte Gerber erst misstrauisch an, bevor er sich an Herzog wandte: „Habe ich mit Ihnen telefoniert?", fragte er.

„Genau."

„Und Sie können mir wirklich garantieren, dass niemand was davon erfährt?"

„Absolut."

„Und das mit der Belohnung ...?"

„Geht auch klar. Sie müssen nur liefern."

Der Grauhaarige fuhr sich mit der Hand über seinen Stoppelbart und räusperte sich kurz. „Also ich möcht niemandem Unrecht tun, ehrlich nicht, und wenn's nicht gerade um einen kaltblütigen Mord gehen würde, würde ich auch nichts sagen, aber ..." Er stockte für einen Moment, den Blick gesenkt. „Also die Sache ist die: Ich hab ein

Haus direkt an der Straße nach Neukirchen, wo ich vom Schlafzimmer im ersten Stock aus die Zufahrt zu einem ganz bestimmten Bauernhof einsehen kann. Aber weil ich nachts wegen meiner kaputten Wirbelsäule oft nicht schlafen kann, steh ich auf und lauf herum. Manchmal stundenlang. Und deswegen hab in der Nacht, in der der Mord passiert ist, auch gesehen, wie die zwei nachhause gekommen sind."

„Die zwei?", fragte Gerber.

„Die zwei Reiter-Brüder, die dort wohnen. Hannes und Max."

„Auf diesem Bauernhof?", fragte Herzog.

„Genau."

„Und Sie sind absolut sicher, dass es in dieser Nacht war?", sagte Gerber. „Und dass auch die Zeit stimmt?"

„Ja. Also nicht auf die Minute genau, aber es war schon weit nach zwölf, da bin ich sicher."

„Aber es war doch furchtbar neblig in dieser Nacht", sagte Herzog.

„Stimmt. Aber nicht um die Zeit, jedenfalls nicht bei mir vorm Haus. Die Rücklichter hab ich jedenfalls genau gesehen."

„Die Rücklichter!", wiederholte Gerber. „Woher wollen Sie dann wissen, dass es die zwei waren?"

„Weil sonst niemand dort wohnt. Die Straße endet am Hof."

„Und wieso trauen Sie den beiden so etwas überhaupt zu?", fragte Herzog.

„Na ja, der Max ist nicht gerade der Klügste und macht meistens, was der Hannes macht. Aber der hat schon einiges auf dem Kerbholz: Versicherungsbetrug, Fahren ohne Führerschein. Ruhestörung. Ein richtiger Radaubruder, wenn Sie mich fragen. Und deswegen dürfen die auch auf keinen Fall erfahren, dass Sie den Tipp von mir haben. Die zünden mir sonst das Dach über dem Kopf an."

„Und was für ein Mensch ist dieser Hannes sonst so?", fragte Gerber. „Ich meine, ist er verheiratet, hat er Kinder …?"

„Er ist geschieden, schon seit mindesten fünfzehn Jahren. Die zwei Kinder hat die Frau damals mitgenommen. Wo die jetzt wohnen, keine Ahnung. Später war er dann eine Zeitlang mit einer Ausländerin zusammen. Einer Bulgarin. Aber die hat's nicht so mit der Bauernarbeit gehabt. Seitdem verkommt der Hof auch ziemlich."

„Geldprobleme?", fragte Herzog.

Der Grauhaarige zuckte mit den Schultern. „Würde mich, offen gesagt, nicht wundern."

Gerber und Herzog wechselten einen Blick.

„Mit dieser Information hätten Sie eigentlich längst herausrücken müssen", sagte Gerber. „Aber Sie haben lieber abgewartet, in der Hoffnung, dass die Belohnung vielleicht erhöht wird, stimmt's?"

„Nicht ganz …", erwiderte der Grauhaarige.

„Nein?"

„Der Vater der beiden hat mir mal das Leben gerettet, als ich noch ein Kind war. War ein echt feiner Kerl, ganz anders als die zwei. Aber ich bin seit Jahren wegen meinem Rücken arbeitsunfähig und meine Frau ist auch nicht mehr die Gesündeste. Und deswegen …" Er verstummte und starrte zum Fenster hinaus.

„Und jetzt, willst du wieder das Einsatzkommando rufen?", fragte Herzog, nachdem er die Personalien des Grauhaarigen aufgenommen und sie den Mann verabschiedet hatten.

„Klüger wäre es vielleicht ..."

Herzog sagte nichts.

„Na schön, dann machen wir halt einen kleinen Hausbesuch." Gerber startete den Motor, parkte aus und fuhr zurück auf die B 304.

29

In die Abzweigung eingebogen, die zum Anwesen der Reiter-Brüder führte, hielt Gerber den Wagen an und blickte über die Schulter zurück zum Haus ihres Informanten: ein kleines, schlichtes Wohnhaus im Stil der fünfziger Jahre, direkt neben der Straße gelegen.

„Könnte alles passen", sagte sie.

„Stimmt", erwiderte Herzog. „Also dann mal los ..."

Doch statt weiterzufahren, stellte Gerber den Motor ab und verzog das Gesicht. Die Sache gefiel ihr nicht. Sollten sie wirklich zwei Männer, die möglicherweise einen kaltblütigen Mord begangen hatten, einfach so locker überprüfen, ohne jede Rückendeckung?

„Wenn alles passt, würde ich sagen, wir holen uns Verstärkung", sagte sie. „Schon vergessen, was die mit diesem Haddad gemacht haben?"

„Wir machen ja nichts. Wir fahren einfach auf den Hof und schauen, was sich tut. Wenn's nach Ärger aussieht, gibst du Gas und wir verschwinden wieder."

„Und haben das Nachsehen, wenn wir richtig liegen."

„Jetzt mach kein Drama draus. Zwei so Bauernsäcke, die überstehen doch keine drei Tage auf der Flucht. Die haben wir ruckzuck wieder eingefangen."

„Trotzdem ..." Gerber rutschte unschlüssig auf ihrem Sitz umher. Sie mochte Herzog, er war vergleichsweise gebildet, umgänglich und immer zu einem Witz aufgelegt. Aber manchmal auch arg unbesonnen und leichtgläubig. Sie sagte: „Manchmal frage ich mich wirklich, warum ihr Männer immer so scharf darauf seid, euch in Gefahr zu begeben?"

Herzog grinste. „Weil wir alle mal Jäger und Sammler waren und elend verhungert wären, wenn wir uns nicht in Gefahr begeben hätten."

„Das ist aber schon eine ganze Weile her, meinst du nicht?"

„Ja. Aber auch nur, weil irgend so ein Idiot vor acht- oder zehntausend Jahren auf die Idee gekommen ist, Getreide anzubauen. Der größte Beschiss der Menschheit. Oder glaubst du vielleicht, wir sind dafür geschaffen, auf einem Feld den Rücken krumm zu machen? Oder wie heute den ganzen Tag auf einen Bildschirm zu glotzen?"

„Wir hätten also nie sesshaft werden sollen?"

„Nein. Jedenfalls nicht so."

„Und um das auszugleichen, bist du Polizist geworden?"

„Du vielleicht nicht? Oder warum sonst hast du dein Jurastudium abgebrochen? Und jetzt mach schon." Herzog griff nach dem Funkgerät. „Ich schau inzwischen, ob sich eine Streife in der Nähe befindet."

In der Hofmitte angekommen, stellte Gerber den Motor ab und ließ die Fenster runter. Sie blickten sich forschend um, doch nichts rührte sich. Nicht einmal Hühner spazierten umher. Alles schien wie ausgestorben. Herzog verzog angesichts der bröckelnden Fassaden und des Unrats in den Ecken missbilligend das Gesicht. „Ganz schön vergammelt das Ganze, was?"

„Allerdings."

„Mann, wenn ich so ein Anwesen hätte, noch dazu in so einer tollen Lage, keine Nachbarn weit und breit, ringsum Wald ..."

„Mir gefällt's in der Stadt ganz gut", sagte Gerber.

„Du wohnst ja auch in Bestlage am Wochinger Spitz. Bei mir dagegen ... Drück mal auf die Hupe."

Gerber tat ihm den Gefallen.

Nichts.

„Na schön, dann warten wie eben auf die Verstärkung", sagte Herzog. „Wenn der Kollege nicht übertrieben hat, müssten sie in drei Minuten da sein. Und dann..."Bevor Herzog weiter reden konnten, hörten sie ein Geräusch, das klang, als würde irgendwo in der Nähe ein Traktor gestartet. Sie stiegen beide aus und horchten. Nun war es eindeutig: Auf der Rückseite der Scheune tuckerte ein Traktor und nahm offenbar Fahrt auf. Doch der Schlepper kam nicht um die Ecke auf sie zu, sondern entfernte sich von ihnen.

„Kann es sein, dass da einer abhauen will?", sagte Herzog.

„Mit einem Traktor?", fragte Gerber.

Sie stiegen rasch wieder ein, und Gerber lenkte den Wagen an der Scheune vorbei zur Rückseite des Anwesens, wo sich ein offener Anbau für die Maschinen befand. Der Traktor war bereits ein Stück weit entfernt und ratterte einen Feldweg entlang, der auf den Wald zuführte. Gerber drückte auf Gas und hatte den Schlepper rasch eingeholt, dessen Fahrer auf ihr Hupen aber nicht reagierte. Sie fuhr so dicht wie möglich auf und folgte dem Traktor tief in den Wald hinein, bis der Weg an einer Engstelle plötzlich steil abwärts führte. Sie trat hart auf die Bremse und schlitterte über Geröll in eine Senke hinab, wo ein fast ausgetrockneter Bach quer zum Weg verlief. Sie fuhr über die schmale Brücke und blieb an dem Traktor kleben, der nun entlang des Bachbetts in eine kleine Schlucht einfuhr. Nach einer Kurve sahen sie das Ziel des Fahrers: Eine kleine Holzhütte mit Veranda, umgeben von etlichen Stapeln Brennholz. Zugleich wurde der Weg derart holprig, dass Gerber nur mehr im Schritttempo weiterfahren konnte, während der Traktor sich mit unverminderter Geschwindigkeit der Hütte näherte. Dort angekommen, sprang der Fahrer ab und eilte, trotz seines Übergewichts erstaunlich flink, zur Hütte.

Gerber stoppte neben dem Traktor und sie schauten ungläubig zu, wie sich der Fahrer mit Wucht gegen die Tür der Hütte warf, die Tür nachgab und der Mann in dem Gebäude verschwand.

„Jetzt bin ich aber gespannt", sagte Herzog, stieß die Wagentür auf und ging mit gezogener Pistole dahinter in Deckung. Gerber tat es ihm gleich.

„Vielleicht gibt es einen Hinterausgang", sagte Gerber.

„Glaube ich nicht." Herzog holte seinen Ausweis heraus, hielt ihn hoch und rief: „Polizei. Wir möchten nur mit Ihnen reden. Also kommen Sie heraus, bevor noch was passiert."

Keine Wirkung.

„Wenn wir nur wüssten, was er da drin will", sagte Herzog, sichtlich ungeduldig. „Ich meine, da sitzt er doch wie 'ne Ratte in der Falle."

„Ich geh da jedenfalls nicht rein", sagte Gerber.

„Mal sehen ..." Herzog duckte sich und wandte sich dem Kofferraum ihres Wagens zu. Sekunden später stand er neben Gerber, nun mit einer kugelsicheren Schutzweste ausstaffiert. Er deutete zu dem Traktor links von ihnen. „Ich könnte das Ding da als Rammbock nehmen, was meinst du?"

„Ich meine, dass wir mit dem Mann erst mal verhandeln sollten. Vielleicht ist er gar nicht so stur, wie wir glauben."

„Okay, versuch dein Glück. Ich schau inzwischen, ob ich von der Rückseite an ihn herankomme."

Gerber nickte und sah besorgt zu, wie Herzog hinter dem Traktor verschwand. Sie konzentrierte sich wieder auf die halboffene Tür. „Wir können über alles reden, Herr Reiter", rief sie. „Aber Sie müssen mir schon antworten …"

Nichts.

Aus dem Augenwinkel bemerkte sie Herzog, der gerade unterhalb der kleinen Böschung den Bach entlang huschte. Gerber atmete erleichtert auf. Sie rief: "Jetzt machen Sie keinen Unsinn, Herr Reiter. Sie wissen doch genau, dass Sie hier nicht mehr wegkommen. Also kommen Sie endlich heraus …"

Wieder keine Reaktion.

Herzog tauchte rechts von der Hütte wieder auf. Er winkte Gerber kurz zu, bevor er die Veranda erklomm und sich mit vorgehaltener Pistole Schritt für Schritt der Tür näherte. Gerbers Hände zitterten plötzlich. War in Actionfilmen nicht dies der Moment, in dem alles in die Luft flog? Sie biss sich auf die Lippen, die Verwüstung schon vor dem geistigen Auge. Im selben Moment erklang in der Hütte Lärm, und Max Reiter erschien in der Türöffnung, eine laufende Motorsäge in den Händen. Er schwang die Säge auf Herzog zu, der sich gerade noch rechtzeitig fallen ließ und mit den Füßen nach Reiter trat. Der schwere Mann geriet ins Stolpern, schwankte und stürzte kopfüber von der Veranda, mit dem Gesicht voran in die noch laufende Säge. Blut, Hautfetzen und Knochensplitter spritzten über den Boden, bis das Motorengeräusch erstarb. Seine Beine zuckten kurz, dann lag er still da.

Herzog rappelte sich wieder auf und blickte, bleich geworden, auf den Mann hinab.

Gerber unterdrückte einen Brechreiz und atmete ein paar Mal tief durch. Dann steckte sie ihre Waffe weg und ging mit schweren Schritten auf den zweifellos toten Mann zu. Herzog kam ebenfalls heran, ging in die Knie und hielt Max Reiter zwei Finger an die unversehrt gebliebene Halsseite. Er schüttelte kurz den Kopf und richtete sich wieder auf.

„Das wird uns keiner glauben", murmelte er.

„Ich glaub's ja selber nicht", sagte Gerber.

„Immerhin wissen wir jetzt, dass wir auf der richtigen Spur sind ..."

Gerber nickte nur.

„Und jetzt?"

„Ich würde sagen, ich bleibe hier und du fährst zurück zum Hof und führst die Kollegen her ..."

„Und wenn ich dabei auf seinen Bruder treffe?"

„Hm ..." Gerber zögerte. Die Vorstellung, Herzog allein auf einen kaltblütigen Killer stoßen zu lassen, behagte ihr absolut nicht. Doch bevor sie eine Entscheidung treffen konnte, hörten sie ein Motorengeräusch aus der Richtung, aus der sie eben gekommen waren. Ein Pkw, der trotz der schlechten Wegverhältnisse rasch näher kam.

Gerber und Herzog sahen sich an.

„Ich fürchte, da kommt er gerade", sagte Herzog und

holte seine Glock wieder heraus.

Auch Gerber nahm ihre Pistole erneut zur Hand.

Gleich darauf wurde ein schmutzigroter Mittelklasse-Wagen sichtbar, dessen Fahrer bei ihrem Anblick jedoch hart auf die Bremse stieg und das Auto in etwa zehn Metern Entfernung zum Stehen brachte. Es war Hannes Reiter, der Bruder des Toten. Die Ähnlichkeit war unverkennbar. Der Mann starrte sie kurz an, bevor er den Rückwärtsgang einlegte und mit aufheulendem Motor wieder hinter der Biegung verschwand.

„Den schnappen wir uns", rief Herzog, drehte sich um und sprang in ihren Dienstwagen. Er wendete, Gerber stieg zu, doch sie hatten die Biegung kaum hinter sich gelassen, als sie Zeuge wurden, wie Hannes Reiter kurz vor der Brücke vom Weg abkam und mit seinem Wagen ins Bachbett schlitterte. Sofort aber aus dem Auto kletterte und den gegenüber liegenden Abhang hinauflief. Herzog stoppte neben dem Wagen, einem Opel älteren Bautyps, sagte noch: „Den krieg ich", und ließ Gerber allein.

Gerber stieg ebenfalls aus und sah missmutig zu, wie Herzog dem mittlerweile im Gestrüpp verschwundenen Reiter-Bruder über das Bachbett nachsetzte. Sie fühlte sich übergangen und ausgeschlossen, obwohl ihr klar war, dass sie mit Herzog nicht mithalten konnte. Als auch Herzog nicht mehr zu sehen war, setzte sie sich wieder in ihren Dienstwagen und nahm Verbindung zu dem angeforderten Streifenwagen auf. Die Beamten hatten den Reiter-Hof inzwischen längst erreicht, aber nichts weiter unternommen. Gerber informierte sie kurz darüber, was passiert war, und wies sie an, bis auf Weiteres die Stellung zu halten. Sie überlegte noch, ob sie den Hubschrauber anfordern sollte, als sie den Schuss hörte, dem gleich darauf ein zweiter folgte. Abgefeuert auf der anderen Seite des Hügels, der sich rechts von ihr erstreckte. Sie stieg wieder aus und lauschte, doch nichts.

Hatte Herzog geschossen, um den Flüchtigen zu stoppen? Oder um sich zu verteidigen? Gerber stieß einen Fluch und lief los, der Richtung folgend, die die beiden Männer zunächst eingeschlagen hatten. Sie fand sich in einem Fichtenwald wieder, durchsetzt von kreuz und quer liegenden Baumstämmen. Offenbar Sturmschäden, die auf ihre Beseitigung warteten. Sie erreichte mit einiger Mühe den höchsten Punkt und wollte sich eben neu orientieren, als unter ihr eine Gestalt sichtbar wurde.

Es war Herzog.

Und augenscheinlich unverletzt, so wie er sich bewegte.

Sie rief ihm zu, und lief ihm dann ein Stück entgegen.

„Gott sei Dank", sagte sie. „Ich hab schon das Schlimmste befürchtet."

„Erst dachte ich, ich hab ihn gleich", erwiderte Herzog. „Aber dann war er plötzlich wie vom Erdboden verschluckt."

„Und die Schüsse?"

„In die Luft natürlich. Dachte, ich könnte ihn damit vielleicht aufschrecken." Er griff in die Hosentasche und zeigte Gerber die zwei Patronenhülsen.

„Tja, jetzt können wir nur hoffen, dass du recht hast ..."

„Was?"

„Das mit dem ruckzuck wieder eingefangen, wie du vorhin behauptest hast."

Herzog nickte nur.

30

Was für ein Elend! Gerber sah mit bedrückter Miene zu, wie die Mutter der Reiter-Brüder, eine magere Frau um die achtzig mit eingefallenen Gesichtszügen, auf ihrer Liege in den Krankenwagen geschoben wurde. Ihre etwas jünger wirkende Schwester, die neben Gerber stand, murmelte ein paar Worte.

„Was meinen Sie?", fragte Gerber.

„Das überlebt sie nicht", erwiderte die Frau.

„Was fehlt ihr denn genau? Von dem Schock eben mal abgesehen."

„Alles mögliche ... Und jetzt? Was passiert jetzt?"

Der Krankenwagen fuhr ab, gefolgt vom Notarzt, der separat gekommen war.

„Das hängt ganz von Ihrem Neffen Hannes ab", sagte Gerber. „Bis jetzt wollten wir die beiden nur befragen."

„Ich weiß jedenfalls nicht, wann sie in der Nacht nachhause gekommen sind. Ich tu mich schon schwer, mich an das zu erinnern, was gestern war."

Buchebner trat heran und machte eine Kopfbewegung gen Himmel. „In einer halben Stunde ist es dunkel. Meinst du wirklich, dass wir heute noch mit der Durchsuchung anfangen sollen? Bei dem Verhau hier kann das ohnehin Tage dauern."

Bevor Gerber antworten konnte, klingelte ihr Mobiltelefon.

Es war Müller, der von Traunstein aus die Fahndung nach Hannes Reiter leitete.

„Du wirst es nicht glauben", sagte Müller, „aber soeben

ist ein Anwalt, ein gewisser Dr. Markus Böhm, hier aufgetaucht und möchte wissen, was gegen seinen Mandanten Hannes Reiter vorliegt."

Gerber atmete erleichtert auf. Anscheinend hatte Hannes Reiter die Auswegslosigkeit seiner Lage erkannt. „Interessant", sagte sie. „Und was meint der Staatsanwalt dazu?"

„Nicht viel. Nur dass er dir die Entscheidung überlässt …"

„Gut, dann mach einen kurzen Bericht darüber, was bis jetzt vorgefallen ist und übergib ihn diesem Dr. Böhm. Mal sehen, was dann passiert."

„Du willst wirklich mit offenen Karten spielen?"

„Hast du eine bessere Idee?"

„Hm, im Moment eher nicht … Und, wie sieht's bei euch aus?"

„Bis jetzt Fehlanzeige auf der ganzen Linie. Wir machen morgen natürlich weiter, aber du kannst dir nicht vorstellen, wie's hier ausschaut."

„Was ist mit seiner Mutter?"

„Die hatte einen Kreislaufkollaps und wird gerade ins Trostberger Krankenhaus gebracht."

Eine gute Stunde später betrat Gerber den Besprechungsraum der Kripo, wo Herzog und der Staatsanwalt bereits auf sie warteten. Dass sich Hannes Reiter, begleitet von seinem Anwalt, mittlerweile gestellt hatte, hatte sie bereits unterwegs erfahren.

„Und, was spricht er?", fragte sie.

„Bis jetzt kein Wort", erwiderte Herzog. „Jedenfalls nicht mit uns. Er sitzt nur mit seinem Anwalt zusammen, der noch immer prüft, was wir dem Kerl vorwerfen."

Wie aufs Stichwort klopfte es an der Tür, und ein älterer, korpulenter Mann mit Schnauzbart und Nickelbrille betrat den Besprechungsraum. Er nickte dem Staatsanwalt, der neben Gerber am Tisch stand, höflich zu und nahm, nachdem er seine Aktentasche abgelegt hatte, umständlich Platz. Die Beamten und der Staatsanwalt setzten sich ebenfalls

„Um es kurz zu machen", sagte der Anwalt nach einem kurzen Blick in die Runde, „mein Mandant hat sich trotz des schrecklichen Verlusts, den er soeben erlitten hat, bereit erklärt, zu den gegen ihn erhobenen Verdächtigungen Stellung zu nehmen. Zusammengefasst heißt dies, dass er absolut keine Ahnung habe, wie die Polizei auf die Idee kommen konnte, dass er und sein Bruder Maximilian in den Mordfall Sami Haddad verwickelt sein könnten. Er habe diesen Haddad weder gekannt noch Verbindungen zu den Kreisen, in denen Haddad in München verkehrt hat."

„Das hat auch niemand behauptet", sagte Gerber. „Er soll uns lieber verraten, wo er sich in der betreffenden Nacht aufgehalten hat beziehungsweise woher er gegen halb ein Uhr morgens nachhause gekommen ist?"

„Ach ja, dieser anonyme Hinweis!" Der Anwalt lächelte milde. „Selbst wenn die Aussage dieser Person zutreffen würde, was wäre damit schon bewiesen?"

„Es wäre bewiesen, dass er laut Straßenverlauf zum entsprechenden Zeitpunkt am Tatort vorbei gekommen sein müsste", sagte Gerber.

„Nicht zwingend. Wenn Sie sich die Strecke genauer ansehen, werden Sie bemerken, dass die Straße zwischen dem Tatort und dem Anwesen der Reiter-Brüder von etlichen Abzweigungen gesäumt wird. Herr Reiter kann also von überall nachhause gekommen sein."

„Und warum sagt er dann nicht einfach, wo er gewesen ist?"

„Weil es sein gutes Recht ist ..."

„Und warum ist sein Bruder bei unserem Auftauchen geflüchtet und mit einer Motorsäge auf uns losgegangen?", fragte Herzog.

Der Anwalt lehnte sich zurück, sein Blick wanderte zwischen Gerber und Herzog hin und her. „Ich fürchte, mit dieser sogenannten Flucht werden Sie beide noch in höchste Erklärungsnot geraten. Denn die Sachlage war doch eher so: Max Reiter war mit dem Traktor unterwegs zu der Hütte, wo die Reiter-Familie Geräte gelagert hat, mit denen sie Waldarbeiten durchführt. Infolge Ihrer so unmotivierten wie hartnäckigen Verfolgung hat er sich aber derart bedroht gefühlt, dass er versucht hat, sich mit Hilfe einer Motorsäge zu verteidigen. So dass alles weitere auf Ihr Konto geht, moralisch wie strafrechtlich. Sie würden also gut daran tun, sich auf eine Klage einzustellen, statt den Verstorbenen und seinen Bruder Hannes eines Verbrechens zu verdächtigen."

„Finden Sie nicht, dass Sie dabei etwas übertreiben?", fragte Gerber.

„In keiner Weise. Ich habe Ihren Bericht gelesen: Da ist zum Beispiels nirgends vermerkt, dass Sie sich während dieser Verfolgungsaktion als Polizeibeamte zu erkennen gegeben hätten."

„Weil wir keine Gelegenheit dazu hatten, ganz einfach", sagte Herzog. „Abgesehen davon, wenn hier jemand

Grund gehabt hat, sich zu verteidigen, dann waren das meine Kollegin und ich."

„Das behaupten Sie." Der Anwalt blickte an Kriminalrat Röhrig vorbei zum Staatsanwalt. „Was würden Sie denn machen, Herr Staatsanwalt, wenn Sie auf dem Weg zur Arbeit plötzlich von zwei unbekannten Personen verfolgt würden und weit und breit keine Hilfe in Sicht wäre? Würden Sie nicht auch versuchen, sich zur Wehr zu setzen? Notfalls mit allen Mitteln, die gerade zur Hand sind? Dabei sind Sie ein kluger, lebenserfahrener Mann, ganz im Gegensatz zu Max Reiter, der nicht einmal einen Hauptschulabschluss hatte, schwer zuckerkrank war und allgemein als scheu und labil galt."

„Das sind doch alles reine Spekulationen", erwiderte der Staatsanwalt.

„Schon möglich. Jedenfalls werde ich morgen beim Ermittlungsrichter die sofortige Freilassung meines Mandanten beantragen. Als ersten Schritt, versteht sich." Der Anwalt griff nach seiner Aktentasche. „Sonst noch Fragen?"

Gerber schüttelte stumm den Kopf.

„Dann noch einen schönen Abend." Der Anwalt erhob sich, nickte dem Staatsanwalt zu und ging hinaus.

„Ich hab mir die Strecke auch angesehen", sagte Herzog nach einer Weile gespannten Schweigens. „Klar gibt's da die eine oder andere Abzweigung. Und theoretisch könnte er auch irgendwo ganz in der Nähe gewesen sein, vielleicht bei einer willigen Nachbarin, deren Mann gerade im Krankenhaus liegt oder so. So dass er immerhin einen Grund hätte, nicht zu verraten, wo er er sich herumgetrieben hat. Nur ich glaub's nicht, nie im Leben. Die beiden hängen da mit drin, todsicher."

„Was meinen Sie, Frau Kollegin", wandte sich der Staatsanwalt an Gerber.

„Für mich passt auch alles: Der Zeitpunkt, seine Weigerung auszusagen, das Verhalten seines Bruders."

„Kurzum, wir hätten die Täter", sagte der Staatsanwalt, „stehen aber trotzdem mit leeren Händen da.".

„So leer auch wieder nicht", sagte Herzog und schnitt eine Grimasse. „Immerhin können wir einen der beiden abhaken. Und zwar für immer."

31

„Was ist los mit dir", fragte Irene, während sie den Tisch abräumte. „Du bist schon den ganzen Abend so ruhig. Macht dir die Sache mit dem Reiter Max so zu schaffen?"

„Ich weiß nicht. Schon möglich."

„Aber ihr wart doch nicht mal befreundet, oder?"

„Das nicht gerade. Ich überlege nur dauernd, was da genau passiert sein könnte. Auf der Flucht vor der Polizei tödlich verunglückt, das kann alles mögliche bedeuten."

„Bestimmt erfahren wir morgen mehr ..."

Kern trank einen Schluck Bier und entschied, Irene über alles zu informieren. Endlich die Karten auf den Tisch zu legen. Er war zwar überzeugt davon, dass Hannes dichthalten würde, egal, was passiert sein mochte, aber dieses Versteckspiel hatte Irene nicht länger verdient. Doch würde sie unter diesen Umständen auch weiter zu ihm halten? Dass er nach dem nächtlichen Überfall Detektiv gespielt hatte und der Versuchung, sich das Geld zu schnappen, nicht widerstehen konnte, war eine Sache. Aber dass er sich anschließend mit einem Mörder arrangiert hatte, eine ganz andere.

Er stand auf, ging ins Wohnzimmer hinüber und schob den Vorhang beiseite. Schräg gegenüber kam gerade die alte Frau Meier mit ihrem Pudel aus dem Haus, sonst war niemand zu sehen. Er zog den Vorhang wieder zu, setzte sich auf die Couch und schaltete den Fernseher ein.

„Es gibt noch eine Nachspeise", sagte Irene von der Tür her. „Aber die dauert noch ein bisschen."

„Wunderbar", erwiderte Kern mit leicht belegter Stimme. „Aber jetzt setz dich erst mal her. Ich fürchte, ich muss dir etwas beichten." Er legte seinen Arm um ihre Schultern, holte tief Luft und erzählte ihr alles, bis ins Detail, angefangen mit seinem Verdacht gegen die Reiter-Brüder bis zu seinem letzten Gespräch mit Hannes am Nachmittag in Tittmoning.

Es dauerte eine Weile, bis Irene darauf reagierte, während sie auf den stumm geschalteten Fernseher starrte.

„Dass du mir etwas verschweigst, habe ich natürlich längst geahnt", sagte sie schließlich, weiter eng an ihn geschmiegt, aber ohne ihm in die Augen zu blicken. „Aber wenn das alles stimmt, dann hast du eigentlich nichts wirklich Schlimmes gemacht. Jedenfalls in meinen Augen. Das Geld stammt doch höchstwahrscheinlich aus kriminellen Machenschaften, und die Sache mit dem Hannes verstehe ich auch irgendwie. Ich mag den Kerl zwar auch nicht, aber du bist schließlich kein Polizist, der eine Straftat verfolgen muss ..."

„Du hältst mich also nicht für einen Verbrecher?"

Die Frau löste sich aus seiner Umarmung und schenkte ihm ein zaghaftes Lächeln. Sie sagte: „Ein Verbrecher ist jemand, der ein Verbrechen plant und durchführt, um sich auf Kosten anderer zu bereichern. Du dagegen hast einfach nur die Gelegenheit ergriffen, und das aus guten Gründen, wie ich finde. Dass du den Toten entdeckt hast und jetzt dessen Komplizen hinter dir her sind, dafür kannst du ja wirklich nichts."

„Und die Sache mit Max?", sagte Kern. „Die wäre nie passiert, wenn ich sofort zur Polizei gegangen wäre."

„Ja, schon. Aber wenn jemand Schuld daran hat, dann der Hannes."

„Heißt das, du ...?" Kern hielt inne, fürchtete sich vor

der Frage. „Heißt das, es bleibt zwischen uns so, wie es ist?"

Eine winzige Pause trat tatsächlich ein.

„Ja, sicher, auch wenn ich mir unseren Neustart ein wenig anders vorgestellt habe. Aber in Zukunft keine Geheimnisse mehr, hörst du?"

„Versprochen." Kern ließ sich, unsagbar erleichtert, in den Polster zurückfallen. Mit Irene auf seiner Seite fühlte er sich wieder stark und gewappnet. Er sagte: „Wenn ich nur wüsste, wie ihnen die Polizei auf die Spur gekommen ist. Und was mit Hannes ist?"

„Hast du Angst, dass er auspackt?"

„Nicht wirklich. Es sei denn, Max' Tod hat ihn so getroffen, dass ihm alles egal ist."

„Glaubst du das?"

„Eigentlich nicht ..."

Irene stand auf und lief ein paar Schritte hin und her, bevor auch sie ans Fenster trat und kurz hinaus spähte. Noch halb mit dem Rücken zu Kern gewandt, sagte sie: „Ich finde trotzdem, dass du von hier verschwinden solltest."

Kern blickte die Frau ungläubig an. „Wie bitte?"

„Ich will dich nicht verlieren, aber wenn du hierbleibst, nimmt das nie ein Ende. Also musst du erst mal weg."

„Und wenn Hannes wider Erwarten aus der Sache rauskommt und das mit uns beiden herausfindet? Oder diese zwei anderen? Dann bin ich vielleicht in Sicherheit, aber du bist in der Schusslinie."

„Traust du ihm das zu?" Irene setzte sich wieder zu Kern auf die Couch und nahm seine Hand.

„Dass er auf dich losgeht?", sagte Kern. „Schwer zu

sagen. Aber jetzt, nach dem Tod seines Bruders ..."

„Dann komme ich eben mit."

„Einfach so?"

„Ja. Es sei denn, du hast andere Pläne."

„Und dein Leben hier? Das Haus? Deine Kinder?"

„Das Haus kann ich vermieten, und die Angelika und der Alex sind alt genug, um allein zurechtzukommen."

32

„Ich fürchte, da müssen wir noch etwas warten", sagte Vogel beim Anblick der zwei Autos, die neben dem Opel auf dem Hof des Reiter-Anwesens geparkt waren. „Sind wahrscheinlich Verwandte oder Freunde, die dem lieben Hannes ihr Beileid aussprechen wollen. Aber gut, kommen wir eben später wieder."

Krampe nickte mit missmutiger Miene.

„Weißt du, irgendwie will mir das nicht in den Kopf", sagte Vogel, während er seine Tasche schulterte. „Ich meine, dass diese beiden Bauerndeppen es geschafft haben sollen, den Sami auszutricksen."

„Ja, daran habe ich während der Fahrt auch schon gedacht."

„Eben. Und dann das Gerede vor dem Haus von diesem Kern. Das klang doch eindeutig so, als hätte der Kern das Geld, oder? Also war's vielleicht so: Der Kern knallt den Sami ab, und die beiden kommen zufällig vorbei und verlangen Schweigegeld. Oder ihren Anteil, je nachdem, wie viel sie mitgekriegt haben."

„Was auch das Verhalten von dem Dickwanst erklären würde ... "

„Genau. Der bekam Angst, dass sie aufgeflogen sind und haut ab. Also sollten wir den Bruder erst mal vergessen und stattdessen wieder nach diesem Kern suchen. Irgendwo muss der Kerl ja stecken."

„Hat was für sich", sagte Krampe nach einem letzten Blick zum Reiter-Hof. „Aber erst fahren wir nach Tittmoning rein und essen irgendwo eine Kleinigkeit."

„Gute Idee. Bei der Gelegenheit können wir auch

gleich bei ihm zuhause vorbeischauen."

Sie gingen durch das Waldstück zurück auf den Feldweg, wo sie ihren Wagen geparkt hatten. Knapp zehn Minuten später fuhr Vogel die Zufahrt zu Kerns Haus hoch. Er stoppte direkt vor dem Haus und stellte den Motor ab. Sie blieben kurz im Wagen sitzen, und als sich nichts tat, stiegen sie aus.

„Für mich sieht alles genauso aus wie vor einer Woche", sagte Vogel zu Krampe, nachdem sie das Haus umrundet hatten. „Der Kerl ist tatsächlich abgetaucht."

„Hast du was anderes erwartet?"

„Weiß nicht. Und jetzt? Vielleicht sollten wir doch mal die Nachbarn befragen? Ich könnte mich als Reporter ausgeben, und du als meine Fotografin."

„Das kannst du gleich haben. Da kommt gerade einer."

Vogel folgte Krampes Blick und sah einen älteren Mann über die Wiese auf das Haus zukommen. Leicht gebückt, aber mit energischen Schritten und einem Stock in der rechten Hand, den er hin und her schwenkte.

„Sehr erfreut über unsere Anwesenheit scheint er aber nicht zu sein", sagte Krampe und ging ein paar Schritte auf den Mann zu, der um die siebzig und ländlich gekleidet war. Aber sichtlich nicht in bester Laune. Er hob den Stock und schnarrte schon von weitem: „Runter von meinem Grundstück, oder ich mach euch Beine."

„Ihr Grundstück!", erwiderte Krampe. „Hier wohnt doch der Herr Kern."

„Nur weil ich's ihm erlaubt hab. Aber das war einmal. Und jetzt steigt in euren Wagen und verschwindet."

„Hören Sie", sagte Krampe. „Wir sind Journalisten und arbeiten gerade an einer Story über den Fall Haddad und diesen Landwirt, der auf der Flucht vor der Polizei in die eigene Motorsäge gefallen ist."

„Und was habt ihr dann hier zu suchen? Fragt doch den Bruder vom Max, den Hannes. Der ist gestern doch entlassen worden."

„Das wissen wir. Aber schließlich hat hier doch alles begonnen, oder?"

„Und wenn schon …"

„Was heißt hier eigentlich: Nur weil ich's ihm erlaubt habe?", fragte Vogel. „Hat dieser Kern nur zur Miete hier gewohnt?"

„Sozusagen. Nur dass er keine Miete bezahlt hat, der Saukopf."

„Und wo wohnt er jetzt?", fragte Krampe.

„Bei einer Frau im Dorf. Da hat er sich ins warme Nest gesetzt, der Versager."

„Wieso Versager?"

„Wieso, wieso? Wenn er's hier zu was gebracht hätte, wär er wohl nicht nach Afrika abgehauen, wo er sich weiß Gott wo rumgetrieben hat."

„Das erklärt aber nicht, wieso Sie so sauer auf den Mann sind", sagte Vogel. „Sie wohnen doch hier in der Nähe, oder etwa nicht? Und Nachbarn halten doch gewöhnlich zusammen, gerade auf dem Land."

„Das geht euch nichts an. Und jetzt dalli, dalli …"

„Okay, dann wollen wir mal", sagte Krampe. „Ach ja, noch eine letzte Frage: Wissen Sie zufällig auch den Namen der Dame, bei der er jetzt wohnt?"

„Bin ich die Auskunft?"

„Nein, natürlich nicht. Aber was spricht denn dagegen, dass Sie uns den Namen verraten?"

„Weil ich euch zwei ebenso wenig leiden kann wie den Kern." Er winkte erneut mit dem Stock. „So, und jetzt ab."

„Alles klar." Krampe setzte ein Lächeln auf, trat einen Schritt vor und packte den Alten mit der linken Hand am Hemdkragen, während sie ihm gleichzeitig mit der rechten grob zwischen die Beine griff. Der Alte stöhnte auf und verzog das Gesicht. Vogel verstand nicht, was sie ihm ins Ohr flüsterte, aber es hatte die gewünschte Wirkung. Der Mann murmelte ein paar Worte, den Tränen nahe. Den Stock hatte er längst fallen gelassen. Nach ein paar Sekunden gab Krampe den Alten wieder frei und versetzte ihm einen heftigen Stoß gegen die Brust, so dass er auf seinem Hintern landete.

„Sie heißt Brandner", sagte sie. „Irene Brandner ..."

„Geht doch", erwiderte Vogel grinsend.

„Hast du was anderes erwartet?"

Krampe hob den Stock auf und stieß dem Alten damit in den Bauch. „Und du komm nicht auf die Idee, die Frau anzurufen und ihr einzureden, sie soll nicht mit uns sprechen. Sonst kommen wir nämlich wieder. Und dann landet dieser Stock hier in deinem Arsch."

33

Kern zögerte kurz, bevor er zu der Hütte hinabstieg, vor der Hannes auf der Veranda hockte und eine Zigarette rauchte. Unten angekommen, blieb er zwei Meter vor Hannes stehen, die Hände in den Jackentaschen vergraben. Die Beretta in seiner rechten Tasche fest im Griff: Patrone im Lauf, Hahn gespannt, Waffe gesichert.

„Es ist alles deine Schuld", sagte Hannes, ohne aufzublicken.

„Und deine. Vor allem deine", erwiderte Kern.

Hannes sagte nichts. Drückte nur seine Kippe aus und griff nach der Flasche Bier, die neben ihm stand.

„Also, warum hast du mich angerufen?", fragte Kern.

„Weil ich endlich meinen Anteil will, was sonst."

„Hast du keine Angst, dass sie dich observieren?"

„Hab nichts bemerkt, du vielleicht?"

„Nein. Sonst wäre ich wohl kaum gekommen, meinst du nicht?"

Hannes schniefte und steckte sich die nächste Zigarette an.

„Und dann?", fragte Kern.

„Was dann?"

„Was du mit dem Geld anfangen willst?"

„Was wohl? Nachdem du ja zu feige bist, werde ich die Sache jetzt selbst in die Hand nehmen. Oder glaubst du vielleicht, diese Schweine geben auf, nur weil der Max tot ist und mich die Bullen freigelassen haben? Also werde ich den Gerry fragen, ob er ein paar Typen kennt, die mir helfen könnten. Irgendwelche Typen aus dem Osten, die sich auf solche Jobs verstehen und keine Fragen stellen.

Vielleicht ehemalige Soldaten oder so. Die werde ich dann unauffällig auf dem Hof unterbringen und dann sollen sie mal kommen" Er spuckte aus, sein Blick wurde noch feindseliger. „Aber dazu brauche ich das Geld, und zwar fix. Also komm endlich rüber damit, oder ..."

„Oder was?"

Hannes sagte nichts.

„Und deine Mutter?", fragte Kern.

„Da finde ich schon eine Lösung."

Kern stieß einen Seufzer aus und setzte sich neben Hannes auf die Veranda. Sie starrten beide in die aufkommende Dunkelheit. „Das mit Max tut mir ehrlich leid", sagte Kern nach einer Weile.

Hannes nickte nur.

„Ich frage mich nur, wieso er das gemacht hat. Ich meine, dass er nicht der Schlaueste war, wissen wir beide. Aber das war doch völlig verrückt, total sinnlos."

„Wem sagst du das! Die einzige Erklärung, die ich hab, ist, dass er die zwei Bullen für Komplizen von diesen beiden Typen gehalten hat."

„Ja, könnte sein ... Und du, wie war's bei der Polizei?"

„Wie schon? Ich hab's Maul gehalten und den Rest hat mein Anwalt erledigt. Die können mir gar nichts. Und das wissen sie auch."

„Statt Krieg zu spielen, könnten wir versuchen, uns mit diesen Typen irgendwie zu arrangieren ...", sagte Kern, obwohl er selbst nicht daran glaubte.

„Und wie? Kennst du sie? Hast du vielleicht ihre Telefonnummer?"

„Nein, aber ..."

Kerns Mobiltelefon, verstaut in seiner linken Jackentasche, klingelte. Kern erhob sich und entfernte sich ein paar Schritte von Hannes.

„Ja?"

„Spreche ich mit dem Mann, der vor Kurzem mit einer Machete nach mir geworfen hat?"

Kern erstarrte.

„Woher haben Sie diese Nummer?"

„Dreimal dürfen Sie raten ..."

„Irene?"

„Genau. Eine nette Dame namens Irene Brandner war so freundlich ..."

Kern blieb die Luft weg. Er rang nach Fassung, mochte nicht glauben, was er soeben gehört hatte. Irene in der Hand dieser Gangster. Sein schlimmster Albtraum wahr geworden.

„Sind Sie noch dran, oder hat's Ihnen die Sprache verschlagen?"

Kern atmete einmal tief ein und wieder aus. Er sagte: „Wenn der Frau auch nur das Geringste geschieht, werde ich das Geld dazu verwenden, um euch zu jagen. Und ich werde euch finden. Und dann ..."

„Immer mit der Ruhe", unterbrach ihn der andere. „Wir wollen nur mit Ihnen reden, so wie damals in Ihrem Haus."

„Erst möchte ich mit ihr sprechen", sagte Kern.

„Das können Sie gleich, keine Sorge. Aber erst einmal hören Sie mir gut zu: Ihre Freundin hat ausgepackt, wir wissen also über alles Bescheid. Entsprechend einfach ist der Deal: Sie bringen uns das Geld und bekommen dafür Ihre Freundin wieder. Über den Treffpunkt gebe ich

Ihnen noch Bescheid."

„Und wann?"

Der andere kicherte kurz. „Wann immer Sie liefern können. Aber an Ihrer Stelle würde ich mich ein bisschen beeilen. Meine Partner werden schon langsam ungeduldig."

„Gut. Und jetzt ..."

„Moment."

„Tobias?" Irenes Stimme klang schwach, aber nicht übertrieben ängstlich.

„Mach dir keine Sorgen, hörst du", sagte Kern. „Ich bringe das wieder in Ordnung."

„Ja, ich weiß."

„Haben Sie dir wehgetan?"

„Ein wenig, aber ..."

„So, das reicht jetzt", unterbrach der andere. „Wir melden uns in einer Stunde wieder."

„Moment noch", sagte Kern. „Haben Sie keine Angst, dass ich die Polizei einschalten könnte?"

„Nur zu, wenn Sie die nächsten zwölf bis fünfzehn Jahre im Knast verbringen wollen. Sie haben gemeinsame Sache mit einem Mörder gemacht, schon vergessen? Und der wird Sie, einmal vor Gericht gestellt, garantiert als Mittäter, wenn nicht als Drahtzieher des Ganzen hinstellen. Aber wie gesagt, wir wollen nur unser Geld zurück. Danach können wir alle so tun, als wäre nichts geschehen."

„Und woher soll ich wissen, ob ich euch vertrauen kann?"

„Das Gleiche könnte ich Sie fragen, finden Sie nicht?"

„Alles klar. Sie kriegen Ihr Geld."

„Genau das wollte ich hören. Also, bis später. Und versuchen Sie keine Tricks."

Die Verbindung wurde gekappt.

„Was ist los?", fragte Hannes.

„Sie haben Irene ..."

„Wen?"

„Eine Frau aus Kirchweidach. Eine alte Freundin, bei der ich seit dem Überfall wohne."

„Und wer? Die zwei?", fragte er, während er sich ungelenk erhob und vor Kern aufbaute.

„Logisch. Wer sonst."

„Und was wollen sie, jetzt red schon, verdammt noch mal."

„Sie verlangen einen Austausch. Irgendwann im Lauf des Abends."

„Und wo?"

„Das erfahre ich später."

Hannes sagte nichts. Aber Kern sah ihm an, was in seinem Kopf vorging. Doch darauf würde er sich nicht einlassen. Nicht, solange Irene mit im Spiel war. Das Geld war ihm längst gleichgültig. Er wollte nur noch seinen Frieden haben. Mit Irene ein neues Leben anfangen.

„Wenn es klappt, haben wir vielleicht Ruhe", sagte Kern, während er schon überlegte, wie er vorgehen sollte. „Dann können wir alle normal weiterleben."

„Du vielleicht. Und das Geld?"

„Das sind wir dann wohl los, würde ich sagen."

„Und Max? Soll der vielleicht umsonst gestorben sein?"

„Jetzt mach dich nicht lächerlich ... Also, ich muss los."

Kern wandte sich zum Gehen.

„Dann komme ich mit", sagte Hannes und packte Kern

am Arm.

Kern schüttelte ihn ab. „Auf keinen Fall."

„Aber das wäre doch genau die Chance, auf die wir gewartet haben."

„Jetzt nicht mehr. Oder willst du noch zwei Leute umbringen? Von der Gefahr, in die wir Irene dabei bringen würden, ganz abgesehen. Nein, nicht mit mir. Ich gebe denen das Geld und schau, dass sie sich damit zufriedengeben."

„Und wenn nicht?"

„Dann ist das allein meine Sache." Kern zog die Beretta aus der Jackentasche und richtete sie auf Hannes. „Wenn du irgendwas unternimmst, was die Sache gefährden könnte, knall ich dich ab."

34

„Die Zentrale", sagte Herbert und hielt Gerber ihr Handy hin.

„Ja, Gerber."

„Guten Abend, Frau Kommissarin, Hauptmeister Eberhartinger hier. Ist wahrscheinlich völlig unwichtig, aber wir haben soeben den Anruf einer gewissen Angelika Hofbauer aus Kirchweidach erhalten, die sich Sorgen um ihre Mutter macht."

„Inwiefern?"

„Na ja, sie behauptet, ihre Mutter sei verschwunden beziehungsweise zu zwei Personen in ein Auto gestiegen, wie ihr eine Nachbarin erzählt hat."

„Mehr nicht?"

„Nein, eigentlich nicht. Aber ich dachte, wegen der ganzen Vorkommnisse dort in der Gegend könnte das vielleicht irgendwie von Bedeutung sein."

Gerber beschlich ein Verdacht. „Heißt die Mutter zufällig Irene Brandner?"

„Ja, genau."

„Okay, das war sehr aufmerksam von Ihnen. Und jetzt geben Sie der Dame bitte Bescheid, dass sie mich anrufen soll."

Zwei Personen in einem Wagen! Zwei Personen, die Kern seinerzeit verfolgt hatten. Zwei Personen, die sich jetzt vielleicht die Frau geschnappt hatten, um so an Kern heranzukommen. Gerber ertappte sich bei dem Wunsch, dass genau dies der Fall sein möge. Damit endlich wieder Bewegung in die Sache kam, nachdem dieser Hannes Reiter sie derart an der Nase herumgeführt hatte.

Das Telefon klingelte. Gerber nahm ab. „Frau Hofbauer?"

„Ja."

„Guten Abend. Hier ist Hauptkommissarin Simone Gerber ..."

„Gott sei Dank. Dann nehmen Sie also ernst, was ich gemeldet habe?"

„Sicher. Aber was bereitet Ihnen denn solche Sorgen, dass Sie gleich die Polizei eingeschaltet haben? Kann Ihre Mutter nicht einfach mit Bekannten weggefahren sein?"

„Nein, bestimmt nicht. Erstens wusste sie, dass ich mit meiner Tochter vorbeikommen würde, und zweitens hat sie ihr Handy dagelassen. Und das Haus hat sie auch nicht abgesperrt. Was sie sonst immer macht."

„Wie mir bekannt ist, wohnt Herr Kern augenblicklich bei Ihrer Mutter? Wo steckt der denn?"

„Den habe ich schon angerufen. Aber der hat nur gemeint, dass sie wahrscheinlich spontan mit Bekannten weggefahren sei und ich mir keine unnötigen Sorgen machen soll. Glauben Sie, dass er etwas damit zu tun hat?"

„Kann ich so nicht sagen. Wann haben Sie ihn denn zuletzt gesehen?"

„Am Sonntag. Aber da war alles ganz normal ... Also, was machen wir jetzt?"

„Offiziell machen können wir gar nichts, fürchte ich. Ihre Mutter ist schließlich keine hilflose Person, und wenn sie spontan etwas Ungewöhnliches unternimmt, ist das erstmal ihre Sache ... Aber wenn Sie möchten, komme ich gerne bei Ihnen vorbei", fügte Gerber kurzentschlossen hinzu.

„Das würden Sie machen?"

„Ja, warum nicht? Und sprechen Sie in der Zwischenzeit doch nochmal mit Ihrer Nachbarin, die das Ganze beobachtet hat. Vielleicht fällt ihr noch etwas ein, was uns weiterhilft."

„Ja, mache ich."

Gerber ließ sich noch die Adresse geben, ignorierte Herberts fragenden Blick und schlüpfte in ihre Stiefel. Nahm ihre Lederjacke und die Tasche mit der Glock in die Hand und lief hinunter in die Tiefgarage. Da kaum mehr Verkehr herrschte und ihr die Strecke über Kammer und Palling inzwischen vertraut war, brauchte sie keine fünfundzwanzig Minuten, um Kirchweidach zu erreichen. Sie fand auf Anhieb die angegebene Hausnummer, ein schlichtes, aber offenbar geräumiges Wohnhaus, wo sie an der Gartentür schon erwartet wurde. Sie parkte vor der Doppelgarage, griff nach ihrer Tasche und ging auf die etwa dreißigjährige Frau zu, die ihr mit bekümmerte Miene entgegenkam.

„Hauptkommissarin Gerber", sagte sie und hielt Angelika Hofbauer die Hand hin.

„Freut mich. Das ging ja schnell ..."

„Hat sich inzwischen etwas Neues ergeben?"

„Leider nein." Sie deutete auf ein Nachbargebäude, wo im Erdgeschoss gerade die Jalousien heruntergelassen wurden „Die Frau Meier, die um diese Zeit immer ihren Pudel ausführt, hat nur gesehen, dass es ein Mann und eine Frau waren."

„Wie alt?"

„Konnte sie nicht genau sagen. Jedenfalls nicht mehr die Jüngsten, hat sie gemeint."

„Und der Wagen?"

„Ein hellfarbiger Mittelklassewagen. Vielleicht ein VW oder Opel."

„Und sonst? Hatte sie vielleicht den Eindruck, dass Ihre Mutter nicht freiwillig mitgekommen ist."

„Davon hat sie nichts erwähnt."

Gerber überlegte kurz, ob sie Frau Meier selbst befragen sollte, aber da ihnen nur ein Kennzeichen weitergeholfen hätte, ersparte sie sich die Mühe und folgte der Frau ins Haus, wo im Wohnzimmer ein kleines Mädchen mit blonden Zöpfen vor dem Fernseher saß und Chips in sich hineinstopfte.

„Sie halten mich vielleicht für hysterisch", sagte Angelika Hofbauer. „Aber so ein Verhalten passt einfach nicht zu ihr. Ich meine, wir hatten ausgemacht, dass ich um sieben mit der Kleinen zum Essen herkomme. Dass sie stattdessen mit zwei Leuten wegfährt, ist mir völlig unbegreiflich."

„Und Sie haben absolut keine Ahnung, wer diese Leute gewesen sein könnten?"

„Nein. Sie hat zwar viele Bekannte, aber dass sie auch noch ihr Handy daheim lässt und nicht absperrt! Also irgendetwas stimmt da nicht."

„Versuchen Sie doch nochmal, den Herrn Kern zu erreichen."

Angelika Hofbauer holte ihr Handy aus der Jackentasche und tippte die Nummer ein. „Die Mailbox", sagte sie.

„Ich fahre mal zu seinem Haus", erwiderte Gerber. „Mehr fällt mir im Augenblick auch nicht ein."

35

Kurz bevor sie in die Zufahrt einbog, zog Gerber die Glock aus der Tasche und legte die Waffe griffbereit auf den Beifahrersitz. An der Scheune angekommen, stoppte sie und stellte Motor und Scheinwerfer ab. Vor dem Haus war kein Wagen geparkt. Sie blieb kurz sitzen und spähte in die Dunkelheit, bevor sie ausstieg, die Pistole in der Hand. Nirgendwo brannte Licht. Sie ging vorsichtig auf die Haustür zu, fand sie abgesperrt. Sie ging weiter, um das Haus herum, konnte aber nichts Verdächtiges ausmachen, soweit dies möglich war. Was jetzt? Hier zu warten, erschien ihr zwecklos. Aber einfach nach Hause zu fahren, verbot sich. Denn etwas war im Gange, da war sie sich absolut sicher. Aber wenn nicht bei Kern hier, wo dann? Der einzige Ort, der vorerst noch in Frage kam, war der Hof von Hannes Reiter. Sollte sie da mal vorbeischauen? Dann wäre sie jedenfalls in der Nähe, wenn sich im Fall Irene Brandner etwas ergeben würde.

Sie setzte sich wieder in ihren Wagen und fuhr los. Als sie das Haus ihres Informanten passierte, war sie kurz versucht, anzuhalten und mit dem Mann zu reden, der sich inzwischen vermutlich nicht mehr vor die Tür traute. Denn wenn auch kein Name gefallen war, dürfte Hannes Reiter absolut klar sein, woher der Hinweis stammte, der letztendlich zum Tod seines Bruders geführt hatte. Und dafür würde er sich irgendwann rächen, davon war Gerber überzeugt. Aber was könnten sie schon machen, um dies zu verhindern? Polizeischutz kam nicht in Frage, aber vielleicht könnten sie Hannes Reiter indirekt deutlich machen, dass er besser nichts in dieser Richtung unternehmen sollte.

An der Zufahrt zum Reiter-Anwesen angekommen, bog sie ein und fuhr im Schritttempo auf das Gehöft zu. Sie hielt mitten im Hof an und blickte sich prüfend um, ließ aber den Motor laufen. Das Garagentor stand offen, von Reiters Opel keine Spur. Nur im Wohnzimmer brannte Licht, und für einen Augenblick glaubte sie, hinter dem Vorhang eine Bewegung wahrzunehmen. Also war zumindest die Tante der beiden zuhause. Wie es wohl der Mutter ging? Sie hatte plötzlich ein schlechtes Gewissen. Hätten sie vielleicht doch zurückhaltender agieren sollen? Rein theoretisch war es immerhin möglich, dass dieser Anwalt mit seiner Version richtig lag und sich Max Reiter nur bedroht gefühlt hatte. Aber wer konnte denn ahnen, dass dieser Verrückte mit einer Motorsäge auf sie losgehen würde!

Nach einem letzten Blick in die Runde legte sie den Rückwärtsgang ein, wendete und fuhr zurück auf die Straße. Aber gut, wenn auch hier nichts zu holen war, was jetzt? Sie überlegte kurz, und entschied, nach Garching hinüberzufahren und dort irgendwo eine Kleinigkeit zu essen. Und in zwei Stunden oder so nochmal vorbeizuschauen.

36

Ein paar erste Regentropfen schlugen gegen die Windschutzscheibe, als Kern seinen VW-Polo hinter dem Honda, der vor seinem Haus geparkt war, zum Stehen brachte. Er stellte Motor und Scheinwerfer ab und stieg aus, darauf gefasst, dass man ihn in Empfang nehmen würde. Aber nichts dergleichen geschah. Niemand zeigte sich, alles blieb ruhig und leer. Und dunkel. Er drückte die Klinke der Haustür, und trat in den Flur. Noch immer nichts. Nur der Geruch, der ihm entgegenschlug, eine Mischung aus herbem Parfüm, Schweiß und Zigarettenrauch, deutete auf die Anwesenheit fremder Menschen hin. Er betrat das Wohnzimmer, und hier fand er sie, drei schemenhafte Gestalten, verteilt im Raum.

Irene saß neben einer dunkelhaarigen Frau auf dem Sofa, der Mann lehnte am Kachelofen.

„Pünktlich auf die Minute", sagte der Mann, „das lobe ich mir. Und jetzt mach das Licht an."

Kern betätigte den Lichtschalter neben der Tür, und die Lampe über dem Tisch tauchte das Zimmer in warmes Licht. Obwohl er eine ähnliche Verteilung der Rollen erwartet hatte, machte ihn der Anblick fast rasend vor Wut. Die etwa vierzigjährige, ganz in Schwarz gekleidete Frau hatte ihren rechten Arm um Irenes Schultern gelegt und hielt ihr eine Art Stilett gegen die Halsschlagader. Dazu grinste sie, als könnte sie es kaum erwarten, Blut zu sehen. Zu seinem Erstaunen wirkte Irene dennoch gefasst und brachte sogar ein schwaches Lächeln zustande. Der schätzungsweise zehn Jahre ältere Mann am Kachelofen, ein kräftig gebauter Kerl mit verbeulter Nase und blondgefärbtem Haar, hielt eine großkalibrige Pistole auf Kern gerichtet.

„Wo ist das Geld?", fragte er.

„Nicht hier", erwiderte Kern.

„Was heißt das?"

„Das heißt, dass sich der Ablauf der Übergabe geändert hat. Aber keine Sorge, ihr bekommt euer Geld schon. Doch erst, nachdem meine Freundin da frei ist ..."

„Hast du das gehört?", sagte der Blonde zu der Frau.

Die Frau sagte nichts. Nur ihr böser Blick verriet, was sie gedachte, mit Kern anzustellen, sollte sie zum Zuge kommen.

„Also ich muss schon sagen, du hast Nerven", sagte der Blonde weiter. „Spazierst hier rein und stellst Bedingungen ..."

„Ich möchte nur sichergehen, dass alles friedlich abläuft", sagte Kern. „Ihr lasst meine Freundin hier frei, und zwar ohne jede Einschränkung, und ich bringe euch zu dem Geld. Danach könnt ihr verschwinden und kein Mensch wird jemals etwas davon erfahren. Wobei ich hoffe, dass ihr anschließend auch Ruhe gebt und nicht auf die Idee kommt, uns nachträglich noch auf die Pelle zu rücken. Zumal ihr eigentlich allen Grund hättet, mir dankbar zu sein."

„Dankbar?", fragte der Blonde verdutzt.

„Sicher. Wäre ich nicht gewesen, hättet ihr das Geld abschreiben können. Oder etwa nicht?""

„Ein echter Wohltäter, was?"

„Genauso ist es."

„Was meinst du?", wandte sich der Mann an seine Begleiterin. „Sollen wir darauf eingehen?"

Lähmende Stille im Raum.

Kern nickte Irene aufmunternd zu, obwohl er spürte, dass die Dinge nicht so laufen würden, wie er sich das vorgestellt hatte. Jedenfalls nicht, falls dieses Messerweib das Sagen hatte.

„Einen Scheiß tun wir", erwiderte die Frau schließlich und drückte Irene dabei enger an sich. „Das ist doch nur ein Trick, um uns irgendwo hinzulocken."

„Hat was für sich", sagte der Blonde zu Kern. „Findest du nicht?"

„Blödsinn. Der Einzige, der hier ein Risiko eingeht, bin ich. Schließlich könnt ihr beide nachher spurlos verschwinden, aber meine Freundin und ich müssen hierbleiben, praktisch auf dem Präsentierteller."

„Da hat er auch wieder recht", sagte der Blonde zu der Frau.

„Schon möglich. Wir gehen trotzdem kein Risiko ein. Gib mir fünf Minuten mit ihm und er bettelt mich an, mir verraten zu dürfen, wo das Geld ist."

„Und dann?"

„Was wohl? Dann gehst du es holen und ich passe solange auf die beiden hier auf."

„Gefällt mir nicht."

„Mir schon ..." Die Frau blickte wieder zu Kern. „Also, du Klugscheißer, noch hast du die Wahl."

Kern schluckte schwer. Dass sein Vorschlag auf Widerstand stoßen würde, war ihm bewusst gewesen. Aber dass es gleich so knüppeldick kommen würde, damit hatte er nicht gerechnet. Er hatte plötzlich das Gefühl, einen furchtbaren Fehler begangen zu haben. Vielleicht hätte er doch besser die Polizei eingeschaltet. Lieber im Knast versauert, als den beiden hier hilflos ausgeliefert.

„Ich sag doch, ihr habt nichts vor mir zu befürchten", sagte er mit bemüht fester Stimme zu der Frau, „Ich möchte nur, dass wir die Sache unter uns ausmachen."

„Damit du nachher freie Hand hast! Für wie blöd hältst du uns eigentlich? Aber gut, ich kann mir als Erstes auch deine Freundin hier vornehmen, wenn dir das lieber ist?"

37

Vogel kämpfte mit sich selbst. Was Krampe da vorhatte, gefiel ihm immer weniger. Zumal dieser Kern echt Courage besaß. Und wenn er recht überlegte, er an seiner Stelle vermutlich genauso gehandelt hätte. Obwohl … Er unterdrückte ein Grinsen. Würde er für Krampe wirklich seinen Arsch riskieren? Wohl eher nicht. Oder vielleicht doch?

„Sag uns erst mal, wo das Geld ist", sagte er zu Kern. „Und wie schnell wir rankönnen?"

„Ich hab's vergraben, keine zwei Kilometer von hier. Wir fahren hin, laufen ein paar Meter durch den Wald, holen es raus und fertig."

„Hast du gehört?", sagte Vogel zu Krampe. „Alles ganz easy. Also hör auf mit dem Blödsinn und lass uns die Sache endlich zu Ende bringen."

„Hör du lieber auf, mir Vorschriften zu machen", schnappte Krampe zurück. „Dem Sami hast du auch vertraut, und was ist dabei herausgekommen?"

„Das kannst du nicht vergleichen …"

„Und ob ich das kann. Und deswegen machen wir es genauso, wie ich gesagt habe: Entweder er packt freiwillig aus oder wir zwingen ihn dazu."

Vogel nickte widerwillig. Das mit Sami war ein Argument. Und Sami war ein Freund gewesen. Jedenfalls so was in der Art. Dieser Kern hingegen war ihm noch immer ein Rätsel. Und als Gegner keinesfalls zu unterschätzen. Allein schon, wie er reagiert hatte, als sie hier im Haus aufeinandergetroffen waren. Eiskalt und wild entschlossen. Und hatte er nicht auch diese Reiter-Brüder ausgetrickst? Also hatte Krampe vielleicht doch nicht so Unrecht, wenn sie dem Frieden nicht traute.

„Tja, sieht ganz so aus, als müssten wir neu verhandeln", sagte er zu Kern. „Aber du hast mein Wort, dass keinem von euch beiden etwas geschieht, wenn alles glatt läuft."

„Das glaube ich dir sogar", erwiderte Kern. „Das Problem ist nur, dass du alleine keine Chance hast, das Versteck zu finden. Schon gar nicht in der Nacht."

„Da hörst du es", sagte Vogel zu Krampe.

Es dauerte eine Weile, bis Krampe antwortete: „Du warst schon immer ein feiger Idiot." Sie stand auf und zog Irene dabei mit sich hoch. „Aber weißt du was, mir reicht das Gelaber jetzt. Binde ihm die Hände auf den Rücken und dann machen wir uns auf den Weg. Und zwar alle vier."

Warum nicht gleich so! Vogel versuchte, sich seine Erleichterung nicht anmerken zu lassen. Was immer da draußen auf sie warten mochte, zusammen mit Krampe hatte er eine Chance. Und wenn alles gut ging, würde sich vielleicht auch ihre Haltung ihm gegenüber ändern. Immerhin hatte er den Deal auch deswegen in die Wege geleitet, um ihr zu imponieren. Um zu beweisen, dass er mehr drauf hatte, als eine Disco zu führen oder Spielsalons zu managen.

„Hast du hier irgendwo ein Klebeband herumliegen?", fragte er Kern.

Der Mann schüttelte den Kopf. „Ihr zwei könnt meinetwegen mitkommen", erwiderte er. „Aber meine Freundin da bleibt hier ..."

„Jetzt hör mal zu, du Sturkopf ", Vogel bemühte sich

um einen versöhnlichen Ton. „Glaubst du im Ernst, wir hätten hier überall unsere Fingerabdrücke hinterlassen, wenn wir drauf aus wären, euch umzubringen?"

„Fingerabdrücke kann man vernichten. Zum Beispiel, indem man das Haus anzündet."

„Oh Mann, du bist wirklich ein Klugscheißer ..."

„Das Geld ist uns längst egal", sagte die Frau, die sie vor gut zwei Stunden aus ihrem Haus geholt hatten, plötzlich mit unvermutet fester Stimme. „Wir möchten nur, dass wir endlich wieder unsere Ruhe haben. Also hört endlich auf, uns böse Absichten zu unterstellen und macht, was der Tobias euch vorgeschlagen hat. Oder wollt ihr die ganze Nacht hier diskutieren?"

Vogel blickte grinsend zu Krampe. „Jetzt hat uns Mutti aber ihre Meinung gegeigt, was?"

„Also, kommt ihr beide nun mit oder nicht?", fragte Kern.

„Was ist mit dem Klebeband?"

„In der Küche. In der obersten Schublade rechts vom Herd."

„Gut." Vogel deutete mit der Pistole auf den Dielenboden. „Dann leg dich schon mal hin. Auf den Bauch und die Hände auf den Rücken."

Vogel wartete, bis Kern unten war, bevor er die Küche betrat. Er fand sowohl das Klebeband als auch eine Schere und überließ Krampe die Pistole, während er Kerns Hände am Rücken fixierte. Anschließend half er ihm auf die Beine, nahm seine Pistole wieder entgegen und sagte: „So Meister, dann wollen wir mal."

„Eins würde mich noch interessieren", sagte Kern. „Was wurde hier eigentlich gespielt? Ist dieser Haddad mit eurem Geld durchgebrannt oder so?"

„Das erzähle ich dir, wenn wir's wiederhaben, okay?"

Vogel holte die Autoschlüssel aus seiner Hosentasche und hielt sie Krampe hin. „Du fährst." Er hatte Widerstand erwartet, aber Krampe hatte offensichtlich ebenfalls genug. Er packte Kern am Arm, nickte seiner Freundin zu und sagte. „Also dann mein Lieber, let's go."

Vogel blieb mit Kern auf Tuchfühlung und folgt Krampe in den Flur hinaus. Krampe öffnete die Haustür, und wurde im nächsten Augenblick wie von unsichtbarer Hand zurück in den Flur geschleudert, begleitet von einem dumpfen Knall. Vogel war so überrascht, dass er übersah, wie Kern sich umwandte und ihm einen Kopfstoß gegen die Nase versetzte. Vogel wurde schwarz vor den Augen, die Pistole entglitt seiner Hand. Er suchte nach Halt, aber da hatte sich Kern mit der Schulter schon gegen ihn geworfen. Er stürzte schwer zu Boden, und als er zur Seite blickte, erschrak er bis ins Mark. Krampe lag röchelnd neben ihm, die Hände auf den zerfetzten Bauch gepresst, aus dem das Blut nur so heraussprudelte. Vogels Herz blieb stehen, und schlug dann so heftig und rasend schnell weiter, als wollte es ihm aus der Brust springen. Jetzt bin ich auch dran, dachte er, erstaunt darüber, dass er keine Angst verspürte. Oder Zorn. Nur eine Art von Trauer. So kurz vor dem Ziel, und nun das hier. Er hob den Blick und erkannte Hannes Reiter, der über ihm stand, ein grimmiges Gesicht machte und mit einer Pumpgun auf sein Gesicht zielte.

38

„Wie kommst du denn hierher?", fragte Kern entgeistert.

„Hast du gedacht, ich bleib auf meinem Arsch sitzen, während du wegen deiner Alten hier verrückt spielst?" Hannes trat einen Schritt vor und stieß dem Blonden, der benommen und mit blutender Nase neben der Frau lag, die Mündung der Pumpgun in den Unterleib. „Also bin ich losgefahren, um zu schauen, wo ich dich vielleicht erwischen kann." Er blickte zu Irene, die mit schreckgeweiteten Augen wie erstarrt in der Tür zum Wohnzimmer stand. „Sieht doch ganz so aus, als wäre ich genau richtig gekommen, oder?"

„Überhaupt nicht. Wir waren gerade auf dem Weg, das Geld zu holen ..."

„Eben ..."

„Ich hole eine Schere." Irene drehte sich um und stolperte in Richtung Küche davon.

Kern und Hannes starrten sich an.

„Schau mich nicht so blöd an", knurrte Hannes. „Ich hab nur gemacht, wozu du zu feige warst."

„So wie bei diesem Libanesen, was?"

„Genau."

Irene befreite Kern von dem Klebeband, und sie sahen beide zu, wie Hannes die Pistole des Blonden aufhob und in seine Jackentasche steckte.

„Und jetzt?", fragte Kern, obwohl ihm klar war, was kommen würde, ja, kommen musste.

„Dreimal darfst zu raten", erwiderte Hannes.

Der Blonde gab ein Stöhnen von sich und hob den

Kopf, als wollte er etwas sagen. Hannes lud durch und bohrte ihm die Mündung der Pumpgun erneut in den Unterleib. „Weißt du Scheißkerl eigentlich, dass ihr meinen Bruder in den Tod getrieben habt? Du und deine Drecksschlampe da! Dass er aus Angst, die zwei Bullen könnten Komplizen von euch sein, weggerannt und dabei tödlich verunglückt ist?"

Der Blonde schluckte schwer und sagte nichts.

„Du hast nicht zufällig eine Motorsäge im Haus?", sagte Hannes zu Kern.

„Halt endlich die Klappe", erwiderte Kern. „Lass uns lieber überlegen, was wir jetzt machen sollen?"

„Was wir machen sollen?", wiederholte Hannes höhnisch. „Das kann ich dir sagen, Partner." Er holte die Pistole des Blonden aus seiner Jackentasche und hielt sie Kern mit dem Lauf voran hin. „Los, erschieß ihn ..."

„Das können wir nicht machen."

„So? Und was sollen wir dann mit ihm machen? In den Keller sperren? Laufen lassen? Den Bullen übergeben?"

„Ich weiß nicht ..."

„Ich will hier raus", sagte Irene.

Hannes schwenkte die Flinte in ihre Richtung „Nix da. Erst bringen wir die Sache hier zu Ende. Mitgefangen, mitgehangen ... " Er blickte wieder zu Kern, die Pistole noch immer in der ausgestreckten Hand. „Du weißt verdammt genau, dass wir keine Wahl haben ..."

„Eine Wahl hat man immer", sagte Kern.

„Von mir erfährt keiner was", sagte der Blonde unvermutet, während er sich auf den rechten Ellbogen stützte und mit der anderen Hand das Blut von seiner Oberlippe wischte. „Lasst mich laufen und macht mit dem Geld, was ihr wollt." Sein flehentlicher Blick wanderte zwischen Kern und Irene hin und her.

„Halt die Fresse, oder ich schieß dir vorher noch die Eier weg", erwiderte Hannes. Er drückte Kern die Pistole in die Hand. „Und du mach endlich ..."

Kern griff nach der Pistole und überprüfte sie. Das Magazin war voll, eine Kugel steckte in der Kammer. Aber gab es wirklich keine andere Lösung? Zugegeben, vor wenigen Minuten noch hätte er nicht gezögert, die beiden zu töten, wenn dies der einzige Weg gewesen wäre, um Irene freizubekommen. Aber das hier würde ihn für den Rest seines Lebens verfolgen, würde wie ein Schatten auf ihm liegen und sein Dasein verdunkeln. Er blickte halb fragend, halb hilfesuchend zu Irene. Schämte sich schrecklich dafür, die Frau da hineinzuziehen. Zwei, drei endlose Sekunden verstrichen. Bis Irene kaum merklich nickte. Erst dann trat er vor, ging in die Knie und beugte sich über den Blonden.

„Tut mir leid, Mann", sagte er, während er die Pistole mit der flachen linken Hand abdeckte.

„Damit kommt ihr nicht durch", keuchte der Blonde schweratmend. „Ein paar Leute wissen, dass wir hinter euch her sind, dass wir heute Abend hier sind. Wenn ich nicht zurückkomme, habt ihr die Bullen am Hals. Und nicht nur die."

Kern zog die Hand weg und blickte dem Blonden in die blutunterlaufenen Augen. „Das fällt dir aber reichlich spät ein, würde ich sagen."

„Ist aber so."

Kern richtete sich wieder auf, die Pistole in der herabhängenden Hand. „Wir müssen das anders regeln", sagte er zu Hannes.

„Meinst du?"

„Ja, meine ich, verdammt noch mal."

Ein hässliches Grinsen überzog Hannes' Gesicht. „Weißt du was, du bist genauso ein Versager wie dein Alter."

„Lass meinen Vater aus dem Spiel."

„Wieso denn? Hat doch jeder mitbekommen, wie er Haus und Hof versoffen hat."

„Immer noch besser, als wenn er einen Sohn wie dich gehabt hätte."

Hannes stieß Kern die Mündung der Pumpgun gegen die Brust. „Pass auf, was du sagst", zischte er. „Sonst könnte es sein ..."

„Was?"

„Ach, leck mich doch ..." Hannes stieß Kern beiseite, zielte erneut auf das Gesicht des Blonden und drückte ab.

Irene stieß einen Schrei aus und lief wieder ins Wohnzimmer. Kern stand wie betäubt da.

„Du bist wahnsinnig", sagte er.

„Halt's Maul." Hannes bückte sich, hob die Patronenhülse auf und steckte sie in seine Jackentasche. „Und hör endlich auf, hier den Moralapostel zu spielen. Du weißt genau, dass wir die beiden ausschalten mussten. Schau lieber zu, dass sich deine Alte beruhigt und überleg schon mal, wo wir die beiden da loswerden können. Oder ist das auch zu viel verlangt?"

„Und dann?"

„Dann komme ich wieder und wir erledigen den Rest" sagte Hannes. „Und hole mir mein Geld."

„Dein Geld?"

„Ja. Und zwar genau die Hälfte."

„Warum nicht gleich?"

„Weil ich jetzt nach Hause muss. Die Mam jammert schon den ganzen Tag, dass sie nicht genug Luft kriegt. Vielleicht muss ich doch noch den Notarzt rufen."

Nach diesen Worten drehte er sich um, öffnete die Haustür und verschwand in der Dunkelheit.

39

Es war kurz nach einundzwanzig Uhr, als Gerber zum zweiten Mal an diesem Abend in die Abzweigung zum Reiter-Anwesen einbog. Sie wusste, dass es unklug von ihr war, hier alleine herumzukurven, unklug und leichtsinnig, aber die Sache ließ ihr einfach keine Ruhe. Zumal sich Irene Brandners Tochter noch immer nicht gemeldet und Entwarnung gegeben hatte. Auf dem Hof angekommen, bot sich ihr dasselbe Bild wie vor knapp zwei Stunden: Im Wohnzimmer brannte Licht und kein Opel zu sehen. Sie stellte den Motor ab und überlegte kurz. Sollte sie warten, auf was auch immer? Oder sollte sie zu Kerns Haus weiterfahren?

Sie hatte die Hand schon wieder am Zündschlüssel, als ihr Handy klingelte.

„Ja...?"

„Frau Kommissarin, hier ist Irene Brandner."

„Na endlich. Wo haben Sie denn gesteckt?"

„Eigentlich nirgends. Ich bin nur spontan mit ein paar alten Bekannten, die plötzlich vor der Tür standen, nach Tittmoning reingefahren. Und hab dabei leider vergessen, dass meine Tochter vorbeikommen wollte. Tut mir echt leid, dass wir Ihnen deswegen den Abend verdorben haben."

Gerber glaubte ihr kein Wort. „Und wo sind Sie jetzt?", fragte sie.

„Ich bin wieder zuhause ..."

„Und der Herr Kern?"

„Der ist auch hier. Möchten Sie mit ihm sprechen?"

Um mich weiter anlügen zu lassen, dachte Gerber, wütend darüber, dass man sie offensichtlich für dumm verkaufen wollte. Obwohl, vielleicht sah sie schon Gespenster und das Ganze war wirklich nur ein Missverständnis. Jeder brach einmal aus seinen Gewohnheiten aus und tat Dinge, die für andere überraschend oder gar unerklärlich waren. Doch bevor sie antworten konnte, bemerkte sie Scheinwerferlicht, das sich von der Straße her näherte. Das konnte nur Hannes Reiter sein! Sie blickte unwillkürlich zu ihrer auf dem Beifahrersitz abgelegten Handtasche, vergewisserte sich im Geiste, dass sie die Glock auch eingesteckt hatte.

„Ich melde mich wieder", beendete sie das Gespräch, während sie bereits darüber nachdachte, wie sie auf das Auftauchen von Hannes Reiter reagieren sollte. Steckte der vielleicht hinter dieser möglichen und nun offenbar abgeschlossenen Entführungsaktion? Ausgeschlossen war nichts. Und schon gar nicht, dass er Dreck am Stecken hatte, so oder so. Ansonsten wäre es ein Leichtes für ihn gewesen, die Vorwürfe gegen ihn zu entkräften.

Sie stieg aus und stellte sich hinter die geöffnete Wagentür, die Glock fest in der Hand. Halb in der Erwartung, dass Hannes Reiter bei ihrem Anblick wieder kehrtmachen und das Weite suchen würde. Aber nichts dergleichen geschah. Der Opel hielt etwa vier Meter vor ihrem Fiat an, und sekundenlang tat sich gar nichts. Dann wurde der Motor abgestellt und Hannes Reiter stieß die Wagentür auf, blieb aber ebenso wie Gerber in Deckung dahinter.

„Was wollen Sie denn hier?", rief er.

„Wo kommen Sie jetzt her?"

„Geht Sie einen Scheißdreck an. Los, hauen Sie bloß ab. Oder reicht Ihnen das mit meinem Bruder nicht?"

„Ich frag Sie nochmal: Wo kommen Sie jetzt her?"

„Und ich sag nochmal, das geht Sie einen Scheißdreck an. Wenn Sie was von mir wollen, dann kommen Sie am Tag und bringen einen Durchsuchungsbefehl mit."

Gerber zögerte kurz. Sie hatte nichts in der Hand gegen den Mann, aber dass er gefährlich war und etwas zu verbergen suchte, daran zweifelte sie keine Sekunde. Sie wünschte sich, Herzog wäre hier und würde ihr die Entscheidung abnehmen. Aber der lag mit einer Erkältung zuhause im Bett. Sollte sie deswegen einen Rückzieher machen? Nur weil es dunkel war und sie allein dastand. Sie hatte doch gewusst, dass es irgendwann so kommen würde. Er oder ich. Leben oder Tod. Wenn sie jetzt klein beigab, würde sie das ihr Leben lang verfolgen. Sie gab sich einen Ruck und legte auf Hannes Reiter an, den Griff der Glock mit beiden Händen fest umklammert.

„Okay, ganz wie Sie wollen", sagte sie. „Dann sind Sie hiermit festgenommen. Legen Sie die Hände aufs Wagendach und spreizen Sie die Beine."

„Festgenommen? Wieso denn, verdammt nochmal?"

Gerber meinte, eine Spur von Panik in seiner Stimme erkannt zu haben. „Das erfahren Sie gleich. Und jetzt machen Sie endlich ..."

„Ich denk nicht dran."

„Dann zwingen Sie mich, von meiner Waffe Gebrauch zu machen."

„Dazu haben Sie kein Recht."

„Und ob ich das habe. Also zum letzten Mal: Hände aufs Wagendach und keine Bewegung."

„Wissen Sie was: Sie können mich mal ..." Hannes Reiter machte Anstalten, wieder in den Wagen zu steigen.

„Warten Sie ..."

Hannes Reiter schlug die Wagentür zu.

Mistkerl, verdammter. Gerber kam sich vor wie ein Idiot. Sie hob, ohne es richtig zu wollen, die Glock an und drückte ab. Die Frontscheibe des Opel splitterte, und von Hannes Reiter war nichts mehr zu sehen.

Als sich sekundenlang nichts rührte, ging Gerber mit erhobener Waffe vorsichtig auf die Beifahrerseite des Opel zu und spähte mit angehaltenem Atem in das Wageninnere. Hannes Reiter saß reglos da, den Kopf gegen die Seitenscheibe gelehnt. Gerber schluckte schwer, registrierte am Rande die Pumpgun, die auf dem Beifahrersitz lag. Im nächsten Augenblick flammte das Hoflicht über der Haustür auf, und sie erblickte Hannes Reiters Tante, die eben aus der Tür trat. Sie winkte der Frau abwehrend zu, bevor sie hinten um den Wagen herumging. An der Fahrertür angekommen, erstarrte sie, wollte nicht glauben, was sie da angerichtet hatte. Die Seitenscheibe war blutverschmiert und Hannes Reiters linke Gesichtshälfte vom Auge bis zum Mundwinkel ein Krater aus Hautfetzen, Knochensplittern und Blut. Gerber ließ die Hand mit der Pistole sinken und hielt sich am Wagendach fest.

40

Kern hatte sich gerade hingelegt, um etwas Schlaf nachzuholen, als er hörte, wie ein Wagen über die Zufahrt herankam. Er sprang vom Sofa auf, lief in den Flur hinaus und spähte durch das Fenster neben der Haustür. Es war ein grauer BMW, besetzt mit zwei Männern, der soeben hinter seinem Polo stoppte. Die beiden stiegen aus, und Kern erkannte im Beifahrer Kommissar Herzog. Das war's dann, dachte er, game over. Er hatte zwar alle Blutspuren beseitigt, aber falls die zwei genauer hinguckten … Oder noch schlimmer, falls sie den in der Scheune versteckten Honda entdeckten, in dessen Kofferraum er die beiden in Plastikplanen eingewickelten Leichen gepackt hatte. Er blickte über die Schulter zu der Tür, die in den Stalltrakt führte. Noch könnte er verschwinden, auch wenn sein Vorsprung minimal wäre. Und dann?

Er fixierte erneut Herzog, der trotz der fast sommerlichen Temperaturen einen Schal um den Hals gewickelt hatte und sich eben die Nase putzte. Würde der Kerl einfach so aufkreuzen und sich als Zielscheibe anbieten, wenn er auch nur ansatzweise eine Ahnung hätte, was gestern Nacht hier passiert war? Eher nicht. Kern drehte den Schlüssel um, öffnete die Tür und trat ins Freie.

„Da sind Sie ja", sagte Herzog mit heiserer Stimme.

„Ja. Hab nur kurz nachgesehen, ob auch alles in Ordnung ist", sagte Kern. „Sie wissen ja, wie gern in unbewohnte Häuser eingebrochen wird."

„Ja, richtig. Sie wohnen jetzt ja bei ihrer neuen Freundin in Kirchweidach."

„Genau."

„Tja, ich nehme an, Sie haben von dem Vorfall gestern Nacht auf dem Reiter-Hof schon gehört? War heute früh ja groß in den Nachrichten."

„Hab ich, ja ..."

„Und, was sagen Sie dazu?"

„Was soll ich dazu schon sagen? Dass ich froh bin, dass die Sache endlich geklärt ist?"

„Sie haben diesen Hannes Reiter und seinen Bruder Max doch recht gut gekannt, oder?"

„Ja. Früher mal ..."

„Und heute?"

„Mein Gott, wir sind uns ab und zu mal über den Weg gelaufen, entweder in Kirchweidach oder in Tittmoning. Aber zu bereden gab es dabei eigentlich nie etwas. Jedenfalls nichts von Bedeutung."

„Es hat Sie also genauso überrascht wie alle anderen, dass die beiden zu einem kaltblütigen Mord fähig waren?"

„Natürlich."

Herzog nickte, offensichtlich zufriedengestellt.

„Darf ich fragen, was genau passiert ist?", sagte Kern. „In den Nachrichten war nur die Rede von einem Schusswechsel. Und dass der Hannes mit einer Pumpgun bewaffnet war."

„Richtig."

„Und weiter? Oder ist das ein Geheimnis?"

„Nicht unbedingt. Schließlich war meine Kollegin gestern Abend hier in der Gegend unterwegs, weil die Tochter Ihrer Freundin Alarm geschlagen hat ..."

„Ja, ich weiß. Aber ich war selbst dabei, als meine Freundin Kommissarin Gerber über das Missverständnis aufgeklärt hat."

„Sie meinen diesen Überraschungsbesuch von zwei alten Bekannten?"

„Genau. Dass ihre Tochter Angelika daraus gleich eine Staatsaffäre machen würde, konnte ja keiner ahnen."

„Natürlich. Wir fragen uns im Augenblick nur, wieso Hannes Reiter genau zu dieser Zeit mit einer Pumpgun unterwegs war."

„Das weiß ich auch nicht. Ich meine, was den Zeitpunkt betrifft. Aber wieso er generell bewaffnet war, kann ich Ihnen verraten: Er wollte sich vermutlich schützen ..."

„Schützen? Vor wem denn?"

„Sie haben ihn nach dem Tod seines Bruders Max doch verdächtigt, den Mord begangen zu haben! Also dürften ab diesem Zeitpunkt auch die zwei Typen, die zunächst hinter mir her waren, auf ihn umgeschwenkt sein. Haben ihm vielleicht gedroht oder sonstwie Ärger gemacht? Oder er hat gespürt, dass sich da etwas zusammenbraut."

Herzog und sein Begleiter wechselten einen Blick.

„Sie haben mir damals ja nicht geglaubt", fuhr Kern fort. „Aber diese Kerle gibt es wirklich."

„Davon sind wir jetzt auch überzeugt", sagte Herzog.

„Und wieso auf einmal?", fragte Kern bemüht ruhig, obwohl ihm plötzlich die Beine zitterten und er sich verzweifelt fragte, wie lange er dieses Versteckspiel noch durchhalten könnte. Hatte Hannes vor seinem Tod vielleicht noch eine Aussage gemacht? Oder woher sonst rührte dieses Eingeständnis?

„Eigentlich dürfte ich Ihnen das gar nicht verraten", sagte Herzog nach einem Blick zu seinem weiterhin stummen Begleiter. „Aber Herr Reiter hatte Blut an seinem rechten Schuh. Menschliches Blut. Außerdem haben die

Techniker festgestellt, dass an der Mündung seiner Pumpgun, die übrigens kurz zuvor benutzt wurde, ebenfalls Blut von derselben Person war."

Das wird ja immer besser, dachte Kern erleichtert, die Szene vor Augen, wie Hannes mit der Mündung der Pumpgun in den Eingeweiden der Frau herumgestochert hatte. Er sagte: „Das heißt dann wohl, dass er zuvor mit diesen Leuten aneinandergeraten ist. Und zwar kräftig ..."

„Allerdings."

„Und dass er sich deswegen einer Festnahme entziehen wollte, wie es in den Nachrichten hieß?"

„Sie haben's erfasst."

„Und was werden Sie jetzt unternehmen?"

„Nicht viel, schätze ich. Für uns ist der Fall Haddad nach dem Tod von Hannes Reiter mehr oder weniger geklärt, auch wenn wir natürlich gerne gewusst hätten, wieso der ganze Zirkus. Wir werden natürlich weiter die Gegend um seinen Hof absuchen, aber sonst ..." Er machte eine resignierte Handbewegung und lächelte schief dazu.

„Darf ich fragen, wie's Ihrer Kollegin geht?", sagte Kern.

„Ganz gut soweit."

„Das freut mich. Sie war immer fair zu mir."

„Na dann, nichts für ungut ..." Herzog bedeutete seinem Begleiter mit einem Kopfnicken, dass ihr Besuch beendet war. Gleich darauf war der BMW um die Ecke verschwunden. Kern blieb noch eine Weile vor dem Haus stehen, noch immer verblüfft darüber, wie schnell sich die Dinge zu seinen Gunsten entwickelt hatten. Aber würde es dabei auch bleiben? Er ging vor zur Straße und sah sich um. Doch nichts. Alles schien friedlich zu sein. Nur er saß auf einem Pulverfass. Konnte nur hoffen, dass sich die Polizei wirklich damit zufrieden gab, den Fall Haddad gelöst zu haben. Er kehrte zum Haus zurück, ging in die Küche und schaltete die Kaffeemaschine ein. Die beiden Leichen irgendwo abzuladen, kam nicht in Frage. Die müsste er entweder vergraben, am besten in einem Naturschutzgebiet, oder auf die ganze brutale Art loswerden, mit Hilfe einer Motorsäge und den entsprechenden Chemikalien. Eine Drecksarbeit, aber immerhin ein Problem, das zu lösen war. Und der Honda? Den müsste er in ein Waldstück schaffen und dort abfackeln.

41

Irenes Tochter Angelika und ihre Kleine standen bereits am Grab, als Kern und Irene eintrafen. Kern fühlte sich unbehaglich inmitten der Menge, auch wenn er nicht wenige der Leute ringsum kannte. Meist Schulkameraden aus längst vergangenen Tagen, die Familien gegründet hatten, ins Dorfleben integriert waren und nun verwundert zusahen, wie er zusammen mit Irene an Manfreds Grab trat. Er konnte sich gut vorstellen, was einige von ihnen dachten: Kommt nach Jahrzehnten zurück, ist pleite und ohne richtigen Beruf und greift sich dennoch die hübscheste Witwe weit und breit! Ein Umstand, der ihn unversehens mit Stolz erfüllte. In seinem Alter die Frau fürs Leben zu finden, das sollte ihm erst mal einer nachmachen.

„Ich hab schon gedacht, ihr kommt nicht mehr", sagte Angelika, wobei sie Kern einen nicht gerade liebevollen Blick zuwarf. Kern lächelte freundlich und sagte nichts. Er wusste nicht, wie viel Irene ihrer Tochter erzählt hatte, vermutlich nur das Allernotwendigste, vermischt mit ein paar Lügen, verstand aber, dass Angelika ihm wohl nie mehr vertrauen würde.

„Wie kommst du denn auf die Idee?", sagte Irene. „Darf doch jeder wissen, dass der Tobias jetzt zur Familie gehört."

„Ich sag ja gar nichts ..." Und wieder mit Blick zu Kern: „Ich dachte nur, dass du an Allerheiligen vielleicht an das Grab deiner Eltern gehst."

„Das mache ich morgen", erwiderte Kern. „Das habe ich schon immer so gehalten."

„Der Tobias wird übrigens nach Weihnachten bei mir einziehen", sagte Irene zu Angelika.

„Und sein Haus?"

„Laut Statistik habe ich noch knapp fünfundzwanzig Jahre zu leben", sagte Kern. „Wenn mir der alte Helminger eine vernünftige Ablösesumme anbietet, kann er das Haus jetzt schon haben."

„Und was verstehst du unter vernünftig?"

„Ein paar Tausend pro Jahr ..."

„Wenn der Opa doch im Himmel ist", sagte Angelikas Tochter. „Was machen wir dann hier?"

„Wir denken an ihn", erwiderte Angelika. „Und beten für ihn, damit er es im Himmel auch besonders schön hat."

Kerns Blick wanderte über die Gräber, soweit dies in dem Gedränge möglich war. Beim Anblick der drei schwarz gekleideten Personen in der Nähe des Kriegerdenkmals hielt er inne. Ein jüngeres Paar und eine alte Frau, die von den beiden gestützt wurde. Er tippte Irene auf die Schulter und wies sie mit einer Kopfbewegung auf die kleine Gruppe hin.

„Die Mutter von Max und Hannes?", fragte er leise.

Irene nickte nur und drückte fest seine Hand.

42

In der Tiefgarage angekommen, stellte Gerber Motor und Scheinwerfer ab, blieb aber im Wagen sitzen. Trotz der Kälte draußen schwitzte sie am ganzen Körper, dazu verspürte sie einen Druck in der Magengegend, dass ihr fast übel wurde. Dabei hätte dies ihr großer Tag sein können, auch wenn es nur ein Freispruch zweiter Klasse war: Kein Fehlverhalten nachweisbar! Aber damit konnte sie leben. Und weitermachen, als Star der Truppe, wie Herzog erklärt hatte. Sie putzte sich die Nase und blickte zu dem älteren Pärchen, das eben die Garage betreten hatte. Die Mosers. Ihre allerliebsten Nachbarn! Sie machte sich klein, doch zu spät. Die beiden hatten sie schon erblickt und kamen prompt näher. Sie stieß einen Seufzer aus, nahm ihre Handtasche vom Beifahrersitz und stieg aus.

„Hallo, Frau Kommissarin", sagte Moser, ein dünner Mann um die siebzig, der gleich um die Ecke eine Steuerkanzlei führte. „Sie und Ihren Mann sieht man ja überhaupt nicht mehr zusammen?"

„Tatsächlich?"

„Ja."

„Und das gibt Ihnen jetzt zu denken, oder wie?"

„Nein, nein", sagte Frau Moser schnell. „Wir wissen ja, dass Sie viel zu tun haben, bei dem ganzen Gesindel, das ins Land kommt."

„So, finden Sie?"

„Ich möchte nicht aufdringlich sein", sagte Moser nach einem Seitenblick zu seiner Frau, „aber man liest in letzter Zeit ja so viel von posttraumatischen Belastungsstörungen, speziell bei Menschen, die eine Situation wie Sie erlebt haben. Ist da etwas dran?"

Unverschämter Kerl, dachte Gerber. „Ich habe einen Verbrecher daran gehindert, mich zu erschießen", erwiderte sie mit eisiger Miene. „Ich wüsste nicht, inwiefern mich das belasten sollte."

„Ja, natürlich", sagte Moser. „Also dann, einen schönen Abend noch."

Gerber nickte nur und ging weiter. Wie immer der Abend verlaufen würde, es würde ganz bestimmt kein schöner werden. Im Treppenhaus machte sie Halt und atmete ein paar Mal tief durch. Sollte sie vielleicht doch warten, bis Weihnachten vorbei wäre? Schon wegen Steffi? Aber wie könnte sie unter diesen Umständen mit den anderen noch feiern und auf heile Welt machen? Es wäre so feige wie verlogen. Sie dachte an die Nacht auf dem Reiter-Hof. An den Moment, als sie kurz davor war, einen Rückzieher zu machen. Und so den Fall vielleicht nie gelöst hätte.

Herbert kam ihr schon im Flur entgegen, mit Küchenschürze und einem zufriedenen Grinsen im Gesicht. „Ich glaube, heute habe ich mich selbst übertroffen", sagte er.

„Was gibt es denn?"

„Wird eine Überraschung ..."

„Prima." Gerber legte ihre Handtasche ab, zog Mantel und Stiefel aus und ging ins Bad. Sie wusch sich sorgfältig die Hände und betrachtete dabei ihr Spiegelbild. Showtime, dachte sie, und hasste sich dafür.

Sie betrat die Küche und blickte Herbert am Herd kurz über die Schulter. „Wir müssen reden", sagte sie. „Es ist wichtig ..."

„Jetzt gleich?"

„Ja."

„Und das Essen?"

„Das kann warten."

Herbert drehte sich um und musterte sie halb fragend, halb missbilligend. „Was gibt es denn so Wichtiges?" Seine Miene wechselte in Besorgnis. „Ist es wegen dieser Untersuchung?"

Gerber schüttelte den Kopf. „Nein. Die ist abgeschlossen, habe ich heute erfahren. Alles bestens."

„Das ist doch super. Dann könnten wir nachher ja noch auf den Christkindlmarkt gehen und uns zur Feier des Tages mit Glühwein zuschütten." Er grinste schief.

„Keine so gute Idee, fürchte ich." Sie deutete zum Tisch. Komm, setzen wir uns ..."

Herbert nahm widerwillig Platz.

„Ich möchte mich scheiden lassen", sagte Gerber.

„Scheiden!" Herbert starrte sie verständnislos an. „Warum denn?"

„Ganz einfach, ich liebe dich nicht mehr."

„Und das fällt dir jetzt ein?" Sein Gesicht rötete sich. „Nach neunzehn Jahren?"

„Wär's dir lieber gewesen, es wäre mir früher eingefallen?"

„Du hast einen anderen?"

Gerber schüttelte den Kopf. „Nein. Es ist einfach vorbei, das ist alles."

„Und Steffi?"

„Die ist fast erwachsen und wird auch ohne uns als Ehepaar zurechtkommen."

„Und ich? Was wird aus mir?"

„Jetzt tu nicht so, als ob du ein alter, hilfloser Mann wärst." Gerber griff nach Herberts Hand, um sie zu drücken. „Du bist gerade mal sechzig ..."

„Dann sag mir wenigstens, was ich falsch gemacht habe?"

„Nichts. Es ist nur so, dass sich die Dinge geändert haben! Dass *ich* mich geändert habe."

Herbert sprang auf und lief ein paar Schritte umher. „Das kannst du nicht machen", murmelte er. „Nicht einfach so. Da habe ich auch noch ein Wörtchen mitzureden."

Gerber sagte nichts.

„Okay, wir haben vielleicht eine Krise", sagte er schließlich. „Aber für was gibt es Eheberater."

„Das wäre nur Zeit- und Geldverschwendung."

„Einen Versuch wäre es wert."

„Nein."

„Du bist also fest entschlossen?"

„Ja."

„Weißt du eigentlich, wie egoistisch das klingt: hab mich nur verändert ..."

„Egoistisch war es höchstens von dir, eine fünfzehn Jahre jüngere Frau zu heiraten!"

„Du hattest nichts dagegen, soweit ich mich erinnern kann. Ganz im Gegenteil."

Gerber sagte nichts.

„Na schön, dann bin ich hier ja wohl überflüssig." Ein böser Blick, und Herbert stürmte in den Flur hinaus.

Gerber wartete ab, bis die Wohnungstür zufiel, bevor sie aufstand und den Herd ausschaltete, ohne darauf zu achten, was sich in den Töpfen befand. Danach setzte sie sich wieder auf ihren Stuhl, den Ellbogen auf den Tisch gestützt, und starrte ins Leere. Nach einer Weile begann sie zu weinen.

43

Der in einer Schneise entlang des Wegs abgestellte VW-Golf fiel Kern zunächst nicht auf. Erst als er das Münchner Kennzeichen bemerkte, war seine Aufmerksamkeit geweckt. Er hielt inne und trat an den Wagen, um einen Blick in den Innenraum zu werfen, konnte aber nichts Auffälliges entdecken. Aber wer fuhr um neun Uhr morgens an einem diesigen, feuchtkalten Tag wie diesem in den Wald? Vielleicht, um einen Waldlauf zu unternehmen, so wie er selbst? Möglich, aber er wohnte auch nur knapp zwei Kilometer entfernt, und nicht in München. Er blickte sich prüfend um, doch nichts. Alles war ruhig und leer. Dennoch hatte er plötzlich ein mulmiges Gefühl. Wie hatte gleich jemand mal gesagt: In einer feindseligen Umgebung ist Misstrauen die beste Waffe.

Er verzog sich ins nächste Gebüsch und entschied, die Sache im Auge zu behalten. Man konnte nie wissen. Nur gut, dass er an diesem Morgen nicht die rote, sondern die olivfarbene Windjacke angezogen hatte. Zusammen mit der schwarzen Wollmütze und der dunklen Jeans würde er so im Strauchwerk praktisch unsichtbar sein. Um die Tarnung komplett zu machen, schmierte er sich etwas Erde über seine Wangen und das Kinn. Dann kauerte er sich hin und wartete, gespannt darauf, wer sich blicken lassen würde. Schon nach wenigen Minuten spürte er, wie die Kälte an seinen Beinen hoch kroch und kam sich unversehens albern vor.

Vorsicht war ja schön und gut, aber wer sollte jetzt noch hinter ihm her sein? Selbst dieser nervige LKA-Kommissar namens Meinhardt hatte nichts mehr von sich hören lassen. Andererseits, was hatte er schon zu verlieren, wenn er noch ein paar Minuten ausharrte? War doch ein Klacks im Vergleich zu dem, was er hinter sich hatte. Er unterdrückte einen Hustenreiz und atmete ein paar Mal tief durch. Seine Geduld wurde belohnt: Nach etwa zehn Minuten hörte er Stimmen, gleich darauf wurden links von ihm zwei Gestalten zwischen den Bäumen sichtbar. Ein junges Pärchen, identisch gekleidet. Dunkle Jeans und olivfarbene Parkas. Dazu trug jeder einen kleinen schwarzen Rucksack.

Das perfekte Outfit für ein Kommandounternehmen, kam es Kern in den Sinn. Er duckte sich noch tiefer und spitzte die Ohren. Am Wagen angekommen, stieg die Frau auf der Beifahrerseite ein, während der Mann ein Mobiltelefon aus seiner Jackentasche holte und eine bereits gespeicherte Nummer eintippte. Doch so sehr Kern sich auch bemühte, er verstand kein Wort. Aber er verstand auch so, zumal Gestik und Körperhaltung des Mannes verrieten, dass dies kein „Hallo, wie geht's"-Anruf war. Der Kerl machte Meldung, keine Frage. Es gab also noch jemanden, der in die Aktion involviert war. Vielleicht einen Auftraggeber oder ein zweites Team. Herrgott, nahm die Sache denn nie ein Ende?

Der Mann steckte das Telefon wieder ein und setzte sich ans Steuer. Gleich darauf waren sie losgefahren und der Wagen hinter der nächsten Biegung verschwunden. Kern wartete noch ein paar Sekunden, bevor er sich aus seiner Deckung wagte und den Heimweg antrat.

44

Zuhause angekommen, nahm Kern die Machete von der Fensterbank neben der Haustür und eilte nach oben. In der Schlafkammer holte er die Beretta aus der Nachttischschublade und steckte sich die Pistole, nachdem er sie überprüft hatte, am Rücken in den Hosenbund. Derart ausgerüstet, inspizierte er sämtliche Räume des Hauses. Er fand nichts Verdächtiges, alles schien an seinem Platz zu sein. Zuletzt holte er ein paar Bretter aus der Scheune, schnitt sie mit der Handsäge zurecht und verbarrikadierte damit die Tür am Ende des Flurs. Kein absoluter Schutz, aber wer immer durch das Stallgebäude nun in den Wohntrakt einzudringen versuchte, würde dadurch zumindest aufgehalten. Und würde nebenbei jede Menge Krach machen. Ansonsten fühlte er sich dank der Fensterkreuze und der massiven Haustür vorerst relativ sicher. Zuletzt legte er die Machete wieder zurück auf ihren Platz auf der Fensterbank und ging in die Küche, um sich Kaffee zu machen.

An Hilfe oder die Polizei verschwendete er dabei keinen Gedanken. Das würde die Sache bestenfalls aufschieben und seinen Heimvorteil, den er im Augenblick noch hatte, zunichte machen. Er setzte sich mit einer Tasse Kaffee an den Küchentisch und rief Irene an, unsicher, inwieweit er die Frau über seine Befürchtungen aufklären sollte.

„Könnte sein, dass es Probleme gibt", sagte er nach dem üblichen Smalltalk. „Genauer gesagt, dass ich wieder mal unerwünschten Besuch bekomme ..."

„Die Polizei?"

„Möglich. Aber ich fürchte, die zwei sind eher von der Gegenseite."

„Du hast sie schon gesehen?"

„Zum Glück ..."

„Und du bist absolut sicher?"

„Nein, natürlich nicht. Ist nur ein Verdacht ..."

„Oh Gott, hört das denn nie auf?"

„Das habe ich auch gedacht."

„Und wie?"

„Ich hab sie zufällig entdeckt, heute Morgen bei meinem Waldlauf. Zwei junge Leute, ein Mann und eine Frau. Aber wie gesagt, vielleicht bin ich auch nur paranoid."

„Und jetzt?"

„Bleibe ich vorerst im Haus und warte ab, was sich tut."

„Und wenn du diese Kommissarin verständigst?"

„Mache ich vielleicht. Aber wie gesagt, erst mal halte ich die Stellung. Du weißt ja: Wo man zuhause ist, ist man am stärksten."

„Soll ich zu dir kommen?"

„Besser nicht. Mir wär's lieber, du würdest zur Angelika fahren und dort bleiben, bis du wieder von mir hörst."

„Glaubst du denn ...?"

„Ich weiß es nicht. Aber mir wäre wohler, wenn du nicht zuhause bist, okay?"

„Gut."

Gegen Mittag ging er nach oben, um bessere Sicht zu haben, und überprüfte die Umgebung. Doch weit und breit war niemand zu sehen. Wann würden sie kommen? Er konnte nur hoffen, so bald wie möglich, denn mehr als einen Tag und eine Nacht würde er nicht durchhalten.

Zurück im Wohnzimmer, war er kurz versucht, eine CD einzulegen und sich mit Musik etwas abzulenken. Keine so gute Idee, entschied er. In seiner Lage war die Wahrnehmung von Geräuschen ebenso wichtig wie das, was ihm vor die Augen kam.

Der Nachmittag verlief zäh und Kern war gerade in der Küche, um sich frischen Kaffee zu machen, als er ein Klopfen gegen die Haustür vernahm. Er stellte die Kaffeemaschine ab und ging nachsehen. Durch das Fenster neben der Tür erblickte er die Frau, die er morgens im Wald gesehen hatte. Noch genauso gekleidet und mit dem Rucksack am Rücken, aber nun einen Nordic Walking Stock in der rechten Hand. Von ihrem Begleiter war nichts zu bemerken.

Kern zögerte kurz. Sollte er den Feind wirklich ins Haus lassen? Aber was blieb ihm anderes übrig, wenn er der Sache auf den Grund gehen wollte. Er stellte sich so hin, dass die Machete nicht gleich sichtbar war, drehte den Schlüssel um und öffnete die Tür einen Spalt breit. Die Frau war um die dreißig und viel zu hübsch für diesen Job, wie er fand. Leicht bräunlicher Teint, große, dunkle Augen, volle, schön geschwungene Lippen. Nur die Nase war eine Spur zu lang, machte das Gesicht aber erst richtig interessant und attraktiv. Sie schenkte ihm ein vages Lächeln und sagte: „Entschuldigen Sie die Störung, aber ich glaube, ich hab mir in einem Loch auf der Wiese den Knöchel verstaucht. Könnte ich vielleicht bei Ihnen warten, bis mich mein Bruder abholt. Er wohnt in Tittmoning, wäre also in zehn Minuten da."

Kern war so verdutzt, dass er unwillkürlich nickte. Aber kein schlechter Trick, das mit dem Knöchel. Damit wäre sie schon mal im Haus, könnte die Lage checken, sich vergewissern, dass er auch allein war, und dann mit Hilfe des sogenannten Bruders zuschlagen.

„Kein Problem", erwiderte er.

Die Frau lehnte ihren Stock draußen gegen die Hauswand und betrat den Flur. Kern sperrte schnell wieder ab und deutete zum Wohnzimmer. „Bitte … Möchten Sie Ihren Rucksack ablegen?"

„Nein, danke. Das geht schon …"

Klar doch. Kern entschied, keine Spielchen zu riskieren. Sollte er doch danebenliegen und Ärger kriegen, weil er eine harmlose Nordic Walkerin mit einer Machete bedroht hatte, scheiß drauf. Diesen Ärger würde er gerne in Kauf nehmen. Er griff nach der Machete und stieß die Frau, kaum dass sie über die Türschwelle getreten war, mit aller Kraft zu Boden. Sie landete bäuchlings auf dem Holzboden, gefolgt von Kern, der sich auf ihren Rücken warf, an den Haaren packte und die Spitze seiner Machete dezent in ihre Backe bohrte.

„Halt still, oder ich schlag dir den Kopf ab", sagte er.

Die Frau hielt still. Sagte nichts.

Kern tastete mit seiner freien Hand den Rucksack ab, realisierte bereits dabei, dass er mit seine Einschätzung richtig gelegen hatte. Er öffnete hastig den Reißverschluss und fand eine großkalibrige Pistole vor. Dazu ein Ersatzmagazin und einen Schalldämpfer! Er holte alles heraus und legte es neben sich auf den Boden. Dann klopfte er die Frau kurz ab und entdeckte einen kurzen Dolch in einer Lederscheide an ihrem Gürtel. Er zog ihn heraus und warf das Teil in die Ecke. Zuletzt nahm er ihr Mobiltelefon an sich.

„Unten bleiben", sagte er, als die Frau sich zu rühren begann.

Er legte die Machete ab und überprüfte die Pistole. Sie war geladen und gesichert. Er ließ das Telefon neben ihr liegen und erhob sich, die Machete in der linken und die Pistole in der rechten Hand.

„Du kannst dich aufsetzen", sagte er. „Aber eine falsche Bewegung, und du bist tot."

Die Frau setzte sich auf, zog die Knie an und musterte ihn mit zusammengekniffenen Augen. Nicht einmal ihr Atem ging schneller. Kern war beeindruckt. Ein echter Profi, dieses Miststück.

„So, und jetzt ruf deinen Partner an und sag ihm, dass es eine kleine Programmänderung gibt."

„Ich weiß nicht, von was du sprichst ..."

„Von deinem angeblichen Bruder, der dich in zehn Minuten abholen würde. Ich hab euch heute Morgen im Wald gesehen."

„Und was willst du von ihm?"

Kern holte tief Luft. „Jetzt hör mal gut zu, du Miststück. Entweder du machst, was ich dir sage, oder ich hack dir bei jeder Widerrede einen Finger ab."

Die Frau griff nach dem Apparat und tippte eine eingespeicherte Nummer ein.

„Ich bin's", sagte sie mit gepresster Stimme. „Wir müssen vielleicht umdisponieren ..."

Kern trat von der Tür weg und setzte sich auf die Ofenbank. „Schubs das Ding zu mir rüber", sagte er, während er die Machete neben sich auf die Bank legte und die Pistole in die linke Hand wechselte.

Er nahm das Telefon auf und sagte, ohne die Frau auch

nur eine Sekunde aus den Augen zu lassen: „Um dir gleich einen guten Rat zu geben, mein Freund, bleib weg vom Haus oder du kannst deine Partnerin abschreiben, okay?"

„Alles klar."

„Gut. Und jetzt machst du Folgendes: Du setzt dich in deinen Golf und fährst nach Tittmoning rein. Dort parkst du auf dem Stadtplatz und rufst mich an. Ich gebe dir genau zwanzig Minuten."

„Und für was soll das gut sein?"

„Das geht dich einen Scheiß an. Mach es einfach. Und nochmal: Versuch nicht, den Helden zu spielen und deiner Partnerin zu Hilfe zu kommen. Das hätte nur zur Folge, dass ihr beide im Leichenschauhaus landet."

„Glaubst du nicht, dass du dich damit ein bisschen übernimmst?"

„Du kannst es ja ausprobieren. Genauso wie ich jederzeit die Polizei einschalten kann."

„Alles klar."

Kern kappte die Verbindung. „So, und jetzt zu uns beiden", sagte er nach einer kurzen Pause zu der Frau, die sich nicht von der Stelle gerührt hatte. „Wer schickt euch?"

Die Frau sagte nichts, starrte Kern nur mit trotzigem Gesichtsausdruck an.

„Na schön, ganz wie du willst." Kern stand wieder auf und deutete durch die offenstehende Tür in den Flur hinaus. „Siehst du die Holztreppe da?"

Die Frau nickte kaum merklich.

„Ziemlich steil das Ding, findest du nicht?"

Die Frau sagte nichts.

„Genau da werde ich dich jetzt raufschaffen und dann so oft runterstoßen, bis du auspackst oder dir das Genick gebrochen hast."

„Das wäre Mord ..."

„Das sehe ich anders. Du kennst doch die Definition für Mord: heimtückisch und aus niederen Beweggründen. Ich denke nicht, dass eines von beiden hier zutrifft."

„Warum rufst du eigentlich nicht die Bullen?"

Kern lächelte böse. „Das hättest du wohl gerne, was? Damit ihr euch mit Hilfe irgendwelcher Rechtsverdreher herausreden könnt ..."

„Wie kommst du überhaupt auf die Idee, dass uns jemand geschickt hat?"

„Weil ich schlau bin. Und weil man immer mit dem Schlimmsten rechnen muss, ganz einfach." Kern winkte mit der Pistole in Richtung Flur. „So, und jetzt beweg deinen Arsch nach oben."

„Und wenn nicht?"

Die Frau blieb sitzen.

„Wenn nicht, bist du entweder dumm oder machst dir falsche Hoffnungen. In beiden Fällen bist du demnächst tot."

Die Frau blieb weiter sitzen.

Kern hatte genug. Man erteilt einmal einen Befehl, vielleicht zweimal, aber niemals ein drittes Mal. Dann sollte man wissen, was zu tun ist. Und es auch tun. Er hob die Pistole an, zielte kurz und drückte ab. Der Holzboden zwischen der aufgestützten linken Hand der Frau und dem Tischbein splitterte. Der Hall des Schusses dröhnte durch Haus. Er wartete kurz ab und sagte: „Ich weiß, dass ich verschwinden muss, egal, was du mir zu sagen hast.

Aber wenn du unbedingt willst, gut, dann bleibst du eben als Leiche zurück."

„Der Typ ist ein Bulle", sagte die Frau schließlich.

Eine böse Ahnung durchzuckte Kern. „Hat er auch einen Namen?"

„Meinhardt."

Also doch. Nun verstand er auch, warum der LKA-Mann nach dem Tod von Hannes Reiter nicht nachgehakt hatte. Wieso er sich mit dem Ergebnis seiner Traunsteiner Kollegen zufrieden gegeben hatte. Weil er damals schon vorgehabt hatte, die Sache auf seine Weise zu regeln.

„Und wie kam der an Typen wie euch ran?"

„Ich war selber mal bei der Polizei ..."

„Toll. Und euer Auftrag, wie lautet der?"

„Wir sollten dich zum Reden bringen. Herausfinden, was du diesem Libanesen abgenommen hast. "

„Und dann?"

Die Frau zögerte kurz. „Je nachdem. Aber wir sollten dich auf keinen Fall töten."

Kern nickte. „Das würde ich an deiner Stelle auch behaupten ... Okay, ruf ihn an." Er schubste ihr das Mobiltelefon wieder vor die Füße.

Die Frau nahm es auf und tippte eine Nummer ein. Schubste es wieder zu Kern. Der bückte sich und griff danach.

„Ja?"

„Hallo Herr Meinhardt", sagte Kern mit kaum unterdrückter Wut. „Schön, dass Sie mich nicht vergessen haben ..."

„Was wollen Sie?"

„Ich nehme an, der Partner der Dame hier in meinem

Haus hat Sie bereits informiert?"

„Hat er, ja."

„Und, möchten Sie sich nicht dazu äußern?"

„Jetzt tun Sie mal nicht so überheblich. Sie sind keinen Deut besser. Ich weiß zwar nicht, wie Sie das alles eingefädelt haben, aber erzählen Sie mir nicht, dass diese Reiter-Brüder die alleinigen Täter waren. Und schon gar nicht, dass die beiden auch für das Verschwinden von zwei Leuten verantwortlich waren, die seitdem wie vom Erdboden verschluckt sind: Achim Vogel und Victoria Krampe. Für mich haben Sie mit den beiden Brüdern entweder gemeinsame Sache gemacht oder sind ihnen später auf die Schliche gekommen. Und wenn meine dämliche Kollegin Gerber durch ihr eigenmächtiges Vorgehen nicht dafür gesorgt hätte, dass der Fall so schnell wie möglich abgeschlossen wurde, wären Sie nicht so leicht davongekommen. Also kommen Sie mal runter von Ihrem hohen Ross und akzeptieren Sie, dass hier eine kleine Revanche fällig war. Und machen Sie bloß keinen Unsinn jetzt. Lassen Sie die Frau laufen, oder Sie kriegen richtig Ärger."

„Ich glaube nicht, dass Sie in einer Position sind, mir zu drohen. Ich kann jederzeit Ihre so geschätzte Kollegin Gerber anrufen und die Sache auffliegen lassen."

„Sie wissen genau, dass Sie damit nichts erreichen würden …"

„Ja, ich weiß. Und ich weiß auch, dass ich meine Zelte hier abbrechen muss, und zwar für immer. Aber gut, damit kann ich leben. Aber denken Sie daran: Was Sie mir zugedacht haben, kann ich auch für Sie arrangieren. Die Mittel dazu habe ich. Also immer schön aufpassen, wenn

Sie allein unterwegs sind."

„Warten Sie ..."

Kern kappte die Verbindung. Er grinste in sich hinein. Diese Drohung war letztlich viel wirkungsvoller, als wenn er versucht hätte, Meinhardt legal an den Kragen zu gehen. Das hätte nur Staub aufgewirbelt und vielleicht eine Untersuchung nach sich gezogen, die es unbedingt zu vermeiden galt.

Ein paar Sekunden später klingelte es. Der Partner. „Ich bin jetzt da ...", sagte er.

„Gut. Dann gehst du jetzt zu einer Gastwirtschaft namens „Grüner Gockel". Da ist im Flur ein Plakat für ein Theaterstück aufgehängt. Da liest du mir dann alle Namen vor."

„Und für was soll das gut sein?"

„Für was wohl, du Penner. Damit ich weiß, wo du steckst."

„Okay ..."

„Und was wird mit mir?", fragte die Frau, nachdem Kern das Handy eingesteckt hatte.

Kern tat so, als müsse er überlegen. „Eigentlich sollte ich an dir ein Exempel statuieren. Was hältst du von einem Schuss ins Bein?"

„Daran kann man auch verbluten ..."

„Und du meinst, das interessiert mich?"

Die Frau sagte nichts.

„Also gut, dann ab in den Keller mit dir."

45

Es dämmerte bereits und im Westen ballten sich schwere, dunkle Wolken, als Kern die kleine Kirche auf dem Hügel oberhalb des Waginger Sees erreichte. Er parkte mit Sicht auf die schmale, gewundene Straße unter sich ein und stellte Motor und Scheinwerfer ab. Er glaubte zwar nicht, dass Irene nichtsahnend die von Meinhardt ausgeschickten Figuren anschleppen könnte, aber sicher war sicher. Er holte aus dem Handschuhfach eine der CDs, die er im Sommer auf dem Flohmarkt in Tittmoning gekauft hatte, und ließ die Ereignisse nochmals Revue passieren, begleitet von der „Ballad Of Cable Hogue" einer Band namens Calexico. Hätte er den Anschlag vielleicht doch melden sollen? Nein, das hätte nur schlafende Hunde geweckt und für neuen Ärger gesorgt. Und sein Glück weiter strapaziert. Zumal er alles erledigt hatte, was nötig gewesen war: Die zwei Leichen waren spurlos beseitigt und den Honda war er ebenfalls los, dank diesem Zuhälter Gerry und einem Bündel Geldscheine irgendwo in Österreich verschrottet. Blieb nur die Frage, wie es unter diesen Umständen mit Irene weitergehen sollte? Sie hatte am Telefon zwar durchaus gefasst gewirkt und seine Entscheidung, sich sofort abzusetzen, anscheinend akzeptiert, aber wie würde sie morgen oder in einer Woche darüber denken? Würde sie wirklich nachkommen, sowie er einen Platz für sie beide gefunden hatte? Oder würde sie in Kirchweidach bleiben wollen und versuchen, dies alles zu vergessen?

Nach einer Weile zog er seine Brieftasche aus der Jacke

und entnahm ihr die Visitenkarte, die ihm sein Schulfreund Alfons bei ihrer Begegnung in Tittmoning in die Hand gedrückt hatte. Laut Google war der Mann seit vielen Jahren einer der erfolgreichsten Drehbuchautoren Deutschlands und lebte abwechselnd in Berlin und in Griechenland. Und wie hatte er gleich gesagt: ein Haus, ganz im Süden am Meer. Ein erster Anlaufpunkt? Warum nicht, dachte Kern, während er den roten Fiat Panda im Auge behielt, der nun den Hügel herauf kam.

Kurz vor der Ankunft des Wagens stieg Kern aus, steckte sich die Beretta am Rücken in den Hosenbund und blieb so stehen, dass er seinen VW-Polo zwischen sich und dem Fiat hatte. Erst als Irene ausstieg und die Wageninnenbeleuchtung anzeigte, dass sie allein war, ging er auf sie zu. Er nahm sie wortlos in die Arme und küsste sie, lange und intensiv.

„Tut mir leid, dass alles so gekommen ist", sagte er.

„Du kannst ja nichts dafür", erwiderte die Frau. „Ich frage mich nur, ob es nicht doch eine Alternative gibt?"

Kern schüttelte den Kopf. „Sie wissen jetzt definitiv, dass etwas zu holen ist. Und dieses Wissen ist nicht mehr aus der Welt zu schaffen."

„Und wenn du versuchst, mit diesem Meinhardt einen Deal zu machen?"

„Zwecklos. Dann würde er immer glauben, dass er dabei zu kurz gekommen ist und weiter Druck machen. Und sei's nur, weil ich seinen Stolz verletzt habe ... Hast du alles dabei?"

„Ja, sicher ..."

Irene öffnete die linke Hintertür des Panda und nahm

eine prall gefüllte Reisetasche sowie eine ebenfalls gut gefüllte Plastiktüte vom Rücksitz. Kern nahm beides entgegen und ging damit zum Polo zurück. „In der Tüte sind Obst, ein paar belegte Brote und eine Thermoskanne mit Kaffee", sagte Irene, während Kern die Sachen auf dem Beifahrersitz des Polo verstaute.

„Wunderbar", sagte Kern. „Verhungern werde ich also schon mal nicht ..."

„Und weißt du schon, wohin du fährst?", fragte Irene.

„Nicht so genau", erwiderte Kern, unsicher, ob er Irene in seinen Plan, über die Balkanroute nach Griechenland zu gelangen, einweihen sollte. „Erst mal die Nacht durch, und am Morgen schaue ich dann, wo ich gelandet bin."

„Und ich? Oder soll ich sagen: wir?"

„Komm, laufen wir ein Stück." Kern griff nach Irenes Hand und schlenderte mit ihr über den kleinen Parkplatz. Nach einer Weile sagte er: „Weißt du, ich hab mich nie groß gefragt, was ich von der Welt erwarte oder was ich irgendwann erreicht haben möchte. Ich hab immer nur geschaut, dass ich einigermaßen über die Runden komme. Und wenn diese Sache nicht passiert wäre, hätte ich vermutlich so weitergemacht. Aber jetzt bist du da, und irgendwie erscheint mir jetzt alles sinnlos. Ich meine, sinnlos ohne dich. Ohne dich an meiner Seite."

„Du meinst, ich soll nachkommen?"

„Unbedingt."

„Und dann?"

„Mein Gott, wir sind gesund, nicht die Dümmsten und etwas Geld haben wir auch. Irgendwas werden wir schon auf die Beine stellen, egal, wo ..."

„Klingt gut."

„Eben. Und lass dir bis dahin keine Angst machen, hörst du. Ich bin zwar überzeugt davon, dass sie dich in Ruhe lassen werden, aber trotzdem ..."

„Alles klar."

Nach einem letzten Kuss sah Kern zu, wie Irene in ihren Fiat stieg, ihm kurz zuwinkte und dann den Weg zurückfuhr, den sie gekommen war. Er wartete, bis die Rücklichter nicht mehr zu sehen waren, bevor er zu seinem Wagen ging.

Für wertvolle Anregungen und Korrekturen danke ich

Angeline Bauer
Meike K.-Fehrmann
Gunter Kasper
Eva Lang

Für seine so geduldige wie kompetente technische Unterstützung bei der Fertigstellung des Buches danke ich

Rudolf Kinzinger